오천년 우리 강 이야기

 **3학년 2학기 사회**
2. 이동과 의사소통
    (2) 이동과 의사소통 수단의 발달

 **5학년 1학기 사회**
1. 하나 된 겨레
    (3)삼국의 성립과 발전
2. 다양한 문화를 꽃피운 고려
    (1)후삼국 통일
3. 유교 전통이 자리 잡은 조선
    (1)조선의 건국과 한양
    (5)임진왜란과 병자호란

오천 년 우리 강 이야기

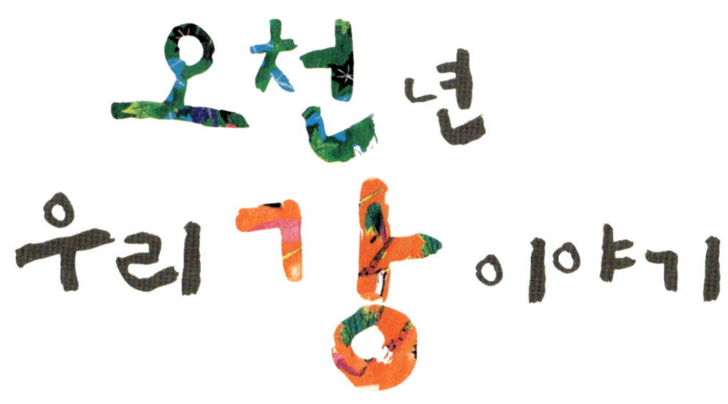

우리누리 글 • 이육남 그림

주니어중앙

어린이가 꿈을 키우는 터전

꿈 많은 어린 시절엔 장대한 역사와 위대한 문화유산에 관한
책을 읽는 것이 좋다.
거기에는 어린이가 꿈을 키우는 터전이 있기 때문이다.
감수성 예민한 어린 시절엔 흥미로운 그림을 통하여
재미있게 이야기를 풀어간 책이 좋다.
그것은 시각적 인식을 통해 어린이의 상상력을 자극하기 때문이다.
『오십 빛깔 우리 것 우리 얘기』는 이런 필요조건을 갖춘
고급 어린이 교양도서라 할 만한 것이다.

유홍준
(전 문화재청장, 현 명지대 교수,
『나의 문화유산 답사기』 저자)

이 책을 추천해 주신 선생님들

● 전래놀이, 풍속과 관련된 수업에 활용하고 있습니다. 옛 풍속과 관련해서 요즘에는 잘 사용하지 않는 용어들이 있어서 아이들이 어려워하는데, 이 책에는 사진 자료와 함께 쉽고 정확하게 설명이 되어 있어 아이들이 이해하기 쉽게 되어 있습니다.
— 손영수 선생님(가사초등학교)

● 아이들이 우리의 전통문화를 쉽게 접할 수 있도록 도움을 주는 소중한 자료입니다. 우리 학교의 독서 퀴즈 대회에서 매년 사용하는 책이랍니다.
— 성주영 선생님(도당초등학교)

● 우리의 옛 풍습과 문화, 관혼상제 등에 대해 자세히 설명되어 있어 수업을 하기 전에 미리 읽어 오라고 하는 도서입니다.
— 전은경 선생님(용산초등학교)

● 우리의 문화와 역사를 초등학생들이 이해하기 쉽도록 재미있는 옛이야기로 풀어낸 점이 가장 마음에 듭니다. 초등 교과와 연계된 부분이 많아 학교 수업에 많이 활용하는 도서입니다.
— 한유자 선생님(삼일초등학교)

김임숙 선생님(팔달초)	조윤미 선생님(화양초)	이경혜 선생님(군포초)	염효경 선생님(지동초)
오재민 선생님(조원초)	박연희 선생님(우이초)	박혜미 선생님(대평중)	이진희 선생님(수일초)
최정희 선생님(온곡초)	정경순 선생님(시흥초)	박현숙 선생님(중흥초)	김정남 선생님(외동초)
이광란 선생님(고리울초)	김명순 선생님(오목초)	신지연 선생님(개포초)	심선희 선생님(상원초)
문수진 선생님(덕산초)	정지은 선생님(세검정초)	정선정 선생님(백봉초)	김미란 선생님(둔전초)
김미정 선생님(청덕초)	조정신 선생님(서신초)	김경아 선생님(서림초)	김란희 선생님(유덕초)
정상각 선생님(대선초)	서흥희 선생님(수일중)	윤란희 선생님(안산시근로자시민문화센터어린이도서관)	

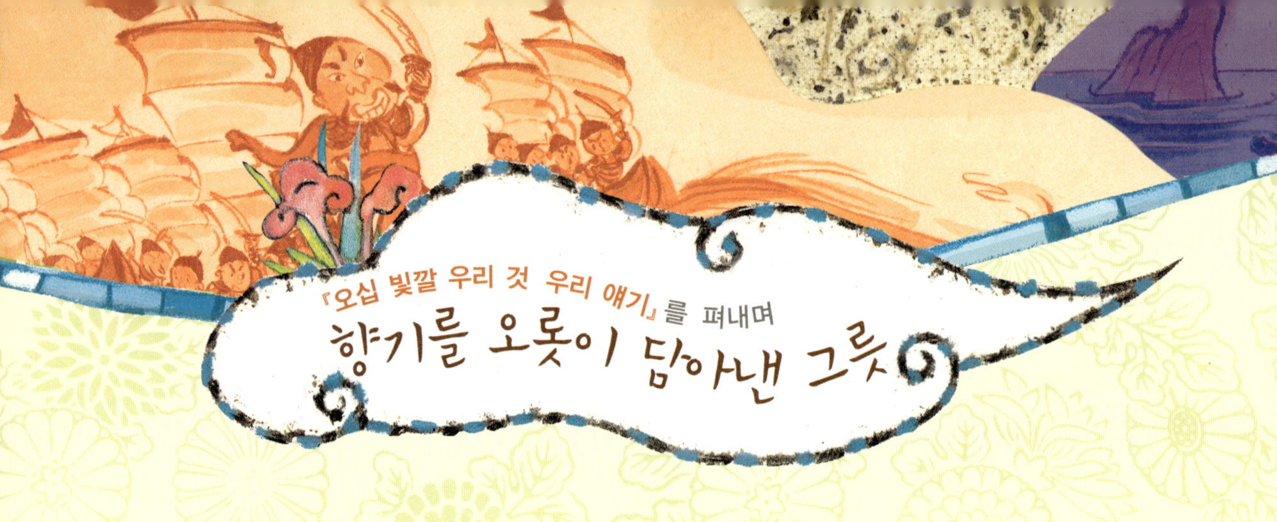

『오십 빛깔 우리 것 우리 얘기』 시리즈가 처음 출간된 지 어느덧 16년이 되었습니다. 그동안 수많은 어린이와 부모님, 그리고 선생님들의 사랑을 받으며 전 50권이 완간되었고, 어린이 옛이야기 분야의 고전(古典)이자 스테디셀러로 굳건히 자리매김해 왔습니다.

이 시리즈는 '소중히 지켜야 할 우리 것'에 대한 이야기를 어린이를 위해 '쉽고 재미있게' 풀어쓴 책입니다. 내용으로는 선조들의 생활과 풍습 이야기, 문화재와 발명품 이야기, 인물과 과학기술·예술작품 이야기, 팔도강산과 고유 동식물 이야기 등 우리나라 역사와 전통문화 모든 영역을 총망라하고 있습니다. 그리고 이를 50가지 주제로 엮어 저학년 어린이도 얼마든지 볼 수 있도록 맛깔나는 옛이야기로 담아냈습니다. 장대한 역사와 위대한 문화유산을 배우기에 옛이야기만큼 좋은 형식도 없기 때문입니다.

대한민국 국민으로서 알아야 하고 전해야 할 우리 것, 우리 얘기는 아주 많습니다. 그동안 이 시리즈를 통해 많은 어린이가 우리 것을 알게 되고, 우리 얘기를 사랑하게 되었을 것입니다. 시간이 흘러도 역사와 전통문화의 향기는 변하지 않기 때문입니다.

하지만 저희는 그 향기를 담아내는 그릇이 그간 색이 바래고 빛을 잃었다는 사실에 가슴이 아프고 안타까웠습니다. 그래서 책에서 전하는 우리 것의 향기를 오롯이 담아낼 수 있는 새로운 그릇을 찾고자 하였습니다. 그 그릇을 통해 향기가 더욱 그윽해지고 멀리까지 퍼져서 수백 년, 수천 년 전의 우리 것이 오늘날에도 살아 숨 쉴 수 있도록 생명력을 주고자 하였습니다.

이에 몇 가지 원칙을 가지고 『오십 빛깔 우리 것 우리 얘기』 시리즈를 새롭게 출간하게 되었습니다.

◎ 원작이 가지는 옛이야기의 맛과 멋을 그대로 살렸습니다.

◎ 요즘 독자들의 감각에 맞추어 디자인과 그림을 50권 전권 전면 개정하였습니다.

◎ 교과 학습의 길잡이가 될 수 있도록 연계 교과를 표시하였습니다.

◎ 학습정보 코너는 유익함과 재미를 함께 줄 수 있도록 4컷 만화, 생생 인터뷰,
　묻고 답하기 등으로 내용을 재구성하였고, 최신 정보와 사진을 수록하였습니다.

◎ 도표, 연표, 역사신문, 체험학습 등으로 권말부록을 풍성하게 꾸며서
　관련 교과 학습을 강화하였습니다.

이 책을 처음 읽었을 8살 꼬마 독자는 지금쯤 나라와 민족에 긍지를 가진 25살 자랑스러운 대한민국 청년이 되었을 것입니다. 그 청년이 부모가 되어서도 자녀에게 다시 권할 수 있는 그런 책이 되기를 바라며, 이 시리즈를 오십 빛깔 그릇에 정성껏 담아 내어놓습니다.

주니어중앙

역사와 옛이야기를 품고 흐르는 우리 강

어린이 여러분, 이집트 문명과 황허 문명 등 인류 역사에 큰 발자취를 남긴 문명의 공통점을 알고 있나요? 세계 역사를 움직인 문명은 모두 강 주변에서 시작되었답니다.

우리 조상들도 강 주변에 마을을 꾸리고 살아왔어요. 강이 있는 지역은 대개 교통이 편리하고, 사람들이 모이기 쉽고, 농사를 짓는 데도 큰 도움을 주기 때문이지요.

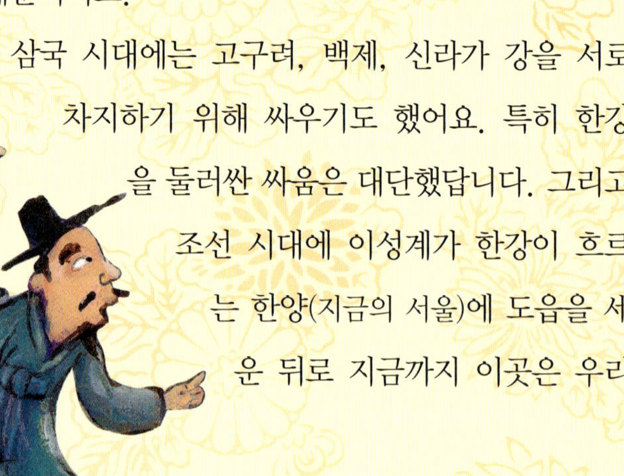

삼국 시대에는 고구려, 백제, 신라가 강을 서로 차지하기 위해 싸우기도 했어요. 특히 한강을 둘러싼 싸움은 대단했답니다. 그리고 조선 시대에 이성계가 한강이 흐르는 한양(지금의 서울)에 도읍을 세운 뒤로 지금까지 이곳은 우리

나라의 수도로 이어지고 있어요.

임진왜란 때는 우리나라 남쪽의 섬진강이나 금강을 따라 왜적이 쳐들어오기도 했어요. 이때 우리 조상들은 강의 특성을 이용하여 왜적을 잘 막아 냈어요. 그런가 하면 강은 여러 마을로 물자를 실어 나르는 중요한 역할을 하기도 했어요.

이렇게 중요한 우리나라 강에는 아주 흥미로운 옛이야기도 전해져 와요. 남한강에 전해 내려오는 삼봉의 전설, 강물이 된 대동이와 중국 사신과 지혜를 겨룬 압록강의 떡보 등 강에 얽힌 이야기에 귀를 기울여 보세요.

조상들 삶의 젖줄이었던 소중한 강은 지금도 우리나라의 역사와 이야기를 품에 안고 굽이굽이 흐르고 있답니다.

어린이의 벗 우리누리

차례

🦪 **용과 소정방의 줄다리기 금강** 12
백두 낭자 · 한라 도령의 구름 타고 우리 강 한 바퀴 : 낙화암 22

🍙 **홍수에 떠내려온 세 산봉우리 남한강** 24
백두 낭자 · 한라 도령의 구름 타고 우리 강 한 바퀴 : 탄금대 34

🦪 **왜구를 물리친 두꺼비 섬진강** 36
백두 낭자 · 한라 도령의 구름 타고 우리 강 한 바퀴 : 화개장터 46

🍙 **나라를 구한 의로운 논개의 혼 남강** 48
백두 낭자 · 한라 도령의 구름 타고 우리 강 한 바퀴 : 진주성과 촉석루 58

🦪 **정선 아리랑이 만들어진 곳 동강** 60
백두 낭자 · 한라 도령의 구름 타고 우리 강 한 바퀴 : 아우라지의 뗏목 68

임금을 위해 세운 정자 **임진강** 70
백두 낭자 • 한라 도령의 구름 타고 우리 강 한 바퀴 : 남북 분단의 사적지와 반구정 80

뱃사공 손돌이의 전설 **한강** 82
백두 낭자 • 한라 도령의 구름 타고 우리 강 한 바퀴 : 행주산성 92

왕건이 꿈을 꾸고 건넌 곳 **영산강** 94
백두 낭자 • 한라 도령의 구름 타고 우리 강 한 바퀴 : 청자의 마을 강진 104

강물이 된 대동이 **대동강** 106
백두 낭자 • 한라 도령의 구름 타고 우리 강 한 바퀴 : 평양성 대동문 116

중국 사신을 이긴 떡보 **압록강** 118
백두 낭자 • 한라 도령의 구름 타고 우리 강 한 바퀴 : 고구려 유적지 130

부록
교과가 **튼튼**해지는 우리 것 우리 얘기 132
· 활기가 넘쳤던 우리 강의 나루터
· 우리나라를 대표하는 4대 강

용과 소정방의 줄다리기

“여봐라! 금강에 기름을 뿌렸는지 살펴보거라.”

“네? 그게 무슨 말씀이십니까?”

“배가 이처럼 잘 미끄러지는 것을 보니 백제의 의자왕이 이 소정방을 맞고자 강에 기름을 뿌려 놓은 것 같구나. 하하하!”

의자왕 이십 년은 백제의 마지막 운명이 달린 해였어요. 당나라 장군 소정방은 백제를 치려고 십만 명이 넘는 군사를 이끌고 금강

을 거슬러 올라왔지요. 소정방은 부여의 백마강에 도착할 때까지 화살 한 대 맞지 않았어요. 그만큼 당시 백제의 힘은 약해져 있었 지요.

"아무리 험한 바다라도 장군이 이끄는 무적함대를 막을 수는 없습니다. 이까짓 강이야 식은 죽 먹기지요."

"하하하, 그렇지! 백제는 나와 상대가 안 된다. 더 빠르게 가라!"

그런데 어찌된 일인지 소정방의 명령이 떨어지자마자 그렇게도 잘 가던 배가 낙화암이 있는 백마강 근처에서 꼼짝도 하지 않는 것이었어요.

"뭣들하는 게야? 이제 백제 의자왕의 목을 베는 것은 시간 문제다. 어서 노를 저어라. 노를 저어!"

당나라 군사들은 있는 힘껏 노를 저었어요. 하지만 배는 여전히 꼼짝도 하지 않았지요.

"내 명령이 들리지 않느냐? 어서 빨리 가라니까!"

"저……, 장군님. 아무리 노를 저어도 배가 움직이질 않습니다."

"무엇이 어째? 노를 저어도 배가 움직이지 않는다니, 그렇다면 여기까지는 어떻게 왔다는 거냐?"

소정방은 화가 나서 배가 들썩이도록 펄펄 뛰었어요.

"소정방에게 불가능이란 없다. 어서 노를 저어라!"

소정방의 불호령에 군사들이 다시 한 번 달려들어 노를 저었어요. 하지만 배는 못이라도 박힌 듯 꼼짝도 하지 않고 그 자리에 멈춰 서 있었어요.

"장군님, 아무래도 무슨 사연이 있는 듯합니다. 그러지 않고서야 잘 나가던 배가 갑자기 멈춰서 꼼짝도 하지 않겠습니까?"

화가 머리끝까지 난 소정방에게 한 부하 장수가 말했어요.

"사연이라고? 음……, 이런 고얀 일이 있나. 여봐라! 얼른 점쟁이를 불러오너라."

점쟁이는 한참 동안 강물 속을 들여다보며 점을 쳤어요.

"장군님, 지금 백제를 지키는 강의 신이 우리 당나라 군대의 배를 잡고 있는 듯합니다."

"그래? 그럼 어떻게 하면 좋겠느냐?"

"이 강물 속에 무엇이 있는지는 저도 모르옵니다. 하지만 이 강 근처에 사는 백제 사람을 잡아다 물어보면 금방 알 수 있을 것이옵니다."

당나라 군사들은 배에서 내려 강둑으로 올라갔어요. 마침 한 노인이 강둑에 앉아 깊은 한숨을 쉬며 금강을 내려다보고 있었지요.

"아, 이제 백제가 무너지는구나. 이 일을 어떡하면 좋을까?"

당나라 군사들은 노인을 붙잡아 배로 끌고 왔어요.

"이봐 늙은이, 우리 소정방 장군님이 부르는 것을 영광으로 생각하라고!"

군사들은 노인을 소정방 앞에 꿇어앉혔어요.

"네 이놈, 들어라. 네놈은 이곳 백제 땅에서 나고 자랐으니 우리

배가 꼼짝도 하지 않는 이유를 알렷다! 그 이유를 말해 보거라."

노인은 머리를 꼿꼿이 들고 소정방을 노려보며 말했어요.

"이 강에는 백제를 지켜 주는 신이 사시오."

당당한 노인의 말에 소정방은 움찔했어요.

"그게 어떤 신이냐?"

"바로 의자왕의 아버지인 무왕이 살고 계시오."

"뭐라고! 그렇다면 배가 꿈쩍도 하지 않는 것이 무왕 때문이라는 말이냐?"

"그렇소이다. 백제를 구하려고 무왕이 용으로 변해 당신들의 배를 잡고 있는 것이오."

"그래? 그럼 어떻게 해야 용을 처치할 수 있겠느냐?"

"용을 처치할 수 있는 방법은 없소. 지금이라도 당나라로 돌아가시오. 당장 물러가지 않으면 당신들은 큰 화를 당할 것이오."

노인은 한낱 백제의 늙은 농부에 지나지 않았지만, 나라를 생각하는 충성심만은 대단했어요.

소정방은 여러 가지 방법으로 노인을 꾀어 봤어요. 많은 재물을 준다고도 하고, 높은 벼슬을 주겠다고 구슬리기도 했지요. 하지만 노인은 머리를 저으며 어떤 말에도 넘어가지 않았어요. 화가 난 소정방이 소리쳤어요.

"이런 건방진 놈 같으니라고! 당장 이놈의 목을 쳐라."

소정방은 노인의 절개에 기가 조금 꺾였어요. 하지만 이대로 물러갈 수는 없었지요.

"여봐라. 다른 백제 놈을 잡아 오너라."

당나라 군사들은 다시 강둑으로 올라갔어요. 그때 마침 재물에 눈이 먼 백제의 젊은 관리가 길을 가고 있었어요. 군사들은 그 젊은 관리를 잡아 소정방 앞으로 끌고 갔어요.

"들어라! 이제 백제의 멸망은 코앞에 닥쳤다. 그러니 쓸데없이 반항하지 말고 내 말을 따르거라. 그러면 너에게 많은 재물과 높은 벼슬을 주겠다.”

“네, 말씀대로 따르겠습니다.”

관리는 많은 재물과 높은 벼슬을 준다는 말에 귀가 솔깃했어요.

“어떻게 하면 꼼짝하지 않는 우리 배를 움직일 수 있을지 말해 보거라.”

관리는 웃으며 말했어요.

“그야 간단하지요. 백제의 무왕은 백마를 좋아했습니다. 그러니 백마를 강물에 집어넣으면 용을 낚아 올릴 수 있을 것입니다.”

관리의 말을 들은 소정방은 무릎을 치며 좋아했어요. 그러고는 백마 한 마리를 바로 잡아다가 굵고 튼튼한 동아줄에 묶어 강 한 가운데로 풍덩 던졌지요.

“어서 물어라. 용아! 나랑 줄다리기를 한번 해 보자꾸나.”

소정방은 동아줄을 잡고 큰소리를 쳤어요.

얼마 안 있어 정말 동아줄이 팽팽해지더니 용의 머리가 강물 위로 불쑥 솟아올랐어요. 당나라 군사들은 환호성을 질렀어요.

“장군님, 드디어 용이 올라왔습니다.”

마침내 소정방과 용의 줄다리기가 시작되었어요. 용은 몸부림을 치며 강물 속으로 들어가려고 했어요. 하지만 소정방도 이를

악물고 동아줄을 놓지 않았지요. 몇 시간이 지났지만 승부는 쉽게
나지 않았어요.

"어디 누가 이기나 끝까지 해 보자!"

소정방은 있는 힘껏 동아줄을 잡아당겼어요. 용은 온몸을 비틀
며 동아줄에서 벗어나려고 했어요.

얼마 뒤 용은 마지막 힘을 다해 공중으로 높이 솟아올랐어요. 하

지만 몸에 얽힌 동아줄 때문에 밑으로 떨어졌고, 결국 바위에 머리를 부딪쳐 숨이 끊어지고 말았어요.

"와! 우리가 이겼다!"

당나라 군사들의 환호성이 강가에 울려 퍼졌어요. 결국 백제를 지키던 용도 이렇게 가 버렸지요. 그러니 백제의 운명은 이제 다한 것이나 다름없었어요.

용과 소정방이 싸울 때 끊어진 용의 꼬리는 충청남도 공주 우성면의 한 마을에 떨어졌는데, 썩는 냄새가 어찌나 심한지 그 뒤로 마을의 이름이 '구린내'로 바뀌었다고 해요. 또 강의 이름은 백마를 미끼로 용을 낚았다고 해서 '백마강'으로 바뀌었어요. 용이 떨어져 죽은 백마강 위의 바위, 그러니까 소정방이 용을 낚던 자리는 '조룡대'라고 불리게 되었고요.

지금도 조룡대에는 소정방이 용을 낚기 위해 두 무릎을 꿇었던 자리가 움푹 파인 채 남아 있어요. 용을 끌어올릴 때 생긴 동아줄 자국도 선명하게 새겨져 있답니다.

백제의 슬픔이 어린 백마강의 낙화암

금강은 이름이 여러 가지야. 차탄강, 화인진강, 형각진강은 금강 상류를 다르게 부르는 이름이야. 강이 흘러 공주에 이르면 웅진강, 부여에 이르면 백마강, 하류에서는 고성진강으로 불리지.

금강은 예로부터 서해와 육지를 잇는 중요한 곳이었어. 금강 하류에는 넓은 평야가 있어서 곡식도 많이 나지. 그래서 금강을 끼고 있었던 백제의 도읍지 공주와 부여는 큰 발전을 이룰 수 있었대.

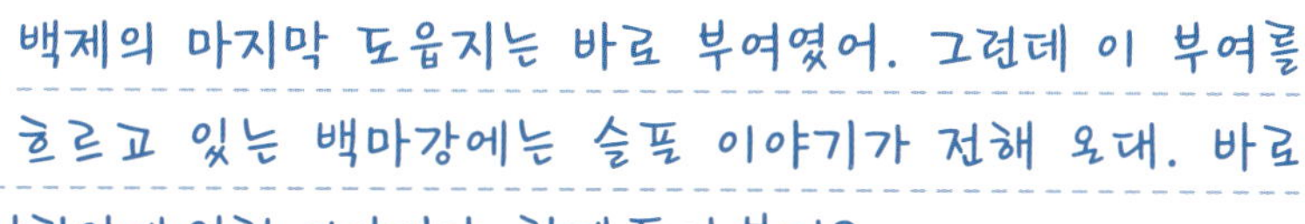

백제는 의자왕 때인 660년 7월에 신라와 당나라 연합군에게 망하고 말았어. 나당 연합군이 쳐들어오자 의자왕을 모시던 3천 명의 궁녀들은 절개를 지키기 위해 백마강으로 몸을 던졌지. 3천 명의 궁녀가 바위에서 떨어지는 모습은 마치 꽃잎이 지는 것 같았다고 해. 그래서 이곳을 낙화암이라고 불렀지.

그런데 3천 궁녀와 의자왕의 이야기는 세월이 흐른 뒤 고려 시대에 김부식이 쓴 책에 실린 내용이야. 당시 백제의 힘으로는 3천 명의 궁녀를 거느리기 어려웠지. 또 일연이 쓴 《삼국유사》에는 낙화암이 사람이 떨어져 죽은 바위라고만 기록되어 있어. 그래서 아마 이 이야기는 백제가 멸망한 다음 누군가가 지어낸 게 아닐까 생각하고 있어.

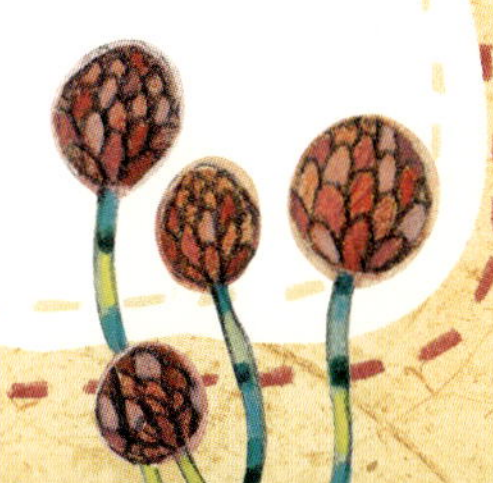

홍수에 떠내려온 세 산봉우리

남한강

남한강은 충청북도 충주, 제천, 단양 등을 거쳐 굽이굽이 흐르는 강이에요. 이 중 단양에는 빼어난 경치를 자랑하는 여덟 곳, 바로 단양 팔경이 있어요. 그중에서도 '도담 삼봉'은 가장 으뜸으로 알려져 있지요. 이 도담 삼봉에는 조선의 학자 정도전과 관련된 이야기가 전해지고 있어요.

고려 말이었어요. 어느 해 여름에 큰 장마가 졌지요. 하루도 거

르지 않고 장대비가 쏟아졌어요. 일주일째 그렇게 비가 내리자 강
물이 불어나 온 들판을 뒤덮고 결국 마을까지 잠기게 되었어요.
설마 하던 마을 사람들은 그제야 허겁지겁 물을 피하느라 야단이
었어요.

"이대로 있다가는 우리 모두 물에 빠져 죽겠어."

"일단 집은 포기하고 산으로 도망치자!"

    마을 사람들은 뒤늦게나마 서둘러 산으로 몸을
피해 겨우 목숨을 구할 수 있었어요. 하지만 논과 밭
은 모두 물에 잠기고 집 안 살림살이는 다 떠내려가고 말았지요.
    마을 사람들은 한숨을 쉬며 하늘을 원망했어요.
"아이고, 이게 무슨 날벼락인가?"
    그런데 바로 그때였어요. 강원도 정선에 있던 산봉우리 세 개가
남한강 줄기를 따라 둥둥 떠내려오고 있었어요. 그 산봉우리는 원
래 강원도 정선에 있던 삼봉이었는데, 홍수에 떠내려오다가 지금
의 도담 삼봉 자리에 이르렀지요.
    "와! 저 산봉우리 좀 봐."
    "이럴 수가! 이번 장마가 대단하긴 대단하구먼. 내 생
전에 저런 광경을 보긴 처음일세."
    산 위로 몸을 피해 있던 마을
사람들은 너무 놀라 입을
다물지 못했어요.

며칠 뒤, 장마로 불어난 물이 점차 빠지기 시작했어요. 하지만 떠내려온 삼봉은 꼼짝도 하지 않고 강 한가운데 우뚝 서 있었지요.

드디어 장마가 끝났어요. 마을 사람들은 살림살이가 떠내려간 슬픔도 잊고 삼봉을 보며 매우 좋아했어요.

"강물에 산봉우리가 떠내려오다니, 우리 마을에 좋은 일이 생길 징조로다."

"왜 아니겠는가, 허허."

마을 사람들은 배를 타고 강 한가운데 있는 세 개의 산봉우리로 가 봤어요. 가까이서 보니 산봉우리는 더욱 아름다웠어요. 마치 물 위에 둥둥 떠 있는 것처럼 보이는 세 개의 산봉우리를 보고 사람들은 감탄했지요.

"정말 아름다운 산봉우리구나!"

마을 사람들은 배를 타고 삼봉 주위를 몇 바퀴씩 돌기도 하고 배 위에서 흥겹게 노래를 부르기도 했어요.

　한편, 강원도 정선 관아의 관리들은 홍수로 떠내려간 삼봉을 찾기 위해 강줄기를 따라 밑으로 내려왔어요. 그러다 드디어 충청북도 단양 도담에서 삼봉을 발견했지요.

　“앗! 삼봉이 저기에 있다.”

　“이 마을 사람들이 우리 마을에서 떠내려온 삼봉을 보면서 좋아하고 있잖아?”

　삼봉을 찾아낸 정선 관아 관리들은 곧 단양 관아를 찾아왔어요.

　“저 산봉우리는 원래 우리 정선 땅에 있던 산봉우리였소.”

　“그래서요?”

　단양의 사또는 눈을 껌벅이며 되물었어요.

　“우리 땅에 있었던 산봉우리가 이곳으로 떠내려왔다고 해서 당신들의 산봉우리가 될 수는 없겠지요?”

　“그런가요?”

　정선 관아 관리들의 말은 어찌 보면 맞는 것 같기도 하고, 틀린 것 같기도 했어요.

　“아무튼 이제부터 당신들은 우리에게 세금을 내야겠소.”

　“뭐라고요? 세금을 내라고요?”

　단양 사람들은 세금을 낼 수 없다고 하고 싶었지만 그럴 듯한 이

유를 대지 못했어요.

"앞으로 매년 정선 관아에 세금으로 쌀 여섯 섬을 내시오."

그 뒤 단양에서는 해마다 정선 관아에 세금을 내야 했어요.

"올해도 쌀 여섯 섬을 내시오."

단양 사람들은 억울했지만 관아에서 내라고 하는 세금을 안 낼 수도 없었어요. 하는 수 없이 해마다 꼬박꼬박 세금을 냈지요.

그러던 어느 날이었어요. 수십 년간 세금을 내던 단양 사람들이 한자리에 모여 의논을 했어요.

“도대체 이런 억울한 일이 어디 있습니까?”

“우리가 왜 정선 관아에 세금을 내야 합니까?”

“맞습니다. 우리가 정선에 있던 산봉우리를 훔쳐 온 것도 아니고, 홍수에 저절로 떠내려온 것인데 세금을 내야 하다니…… 정말 말도 안 됩니다.”

“세금을 더는 내지 않을 무슨 좋은 수가 없겠소?”

마을 어른들은 커다란 느티나무 아래 모여 앉아 열심히 의논했어요. 하지만 뾰족한 수가 떠오르지 않았지요. 그런데 옆에서 어른들이 하는 이야기를 귀담아 듣고 있는 아이가 하나 있었어요.

“애야, 넌 뭐하려고 어른들 이야기를 그렇게 열심히 듣느냐?”

“제가 혹시 도움을 드릴 수 있을까 해서요.”

"예끼, 이 녀석아. 어른들도 해결하지 못하는 것을 네 녀석이 어떻게 할 수 있다는 말이냐?"

다음 날이었어요. 세금을 거두어 가는 정선 관아 관리가 어김없이 단양을 찾아왔어요.

"안녕하시오. 삼봉에 대한 세금을 거두러 왔소이다."

단양 사람들이 울며 겨자 먹기로 다시 세금을 내려고 할 때, 어제 그 아이가 정선 관아 관리 앞으로 나서며 말했어요.

"이제부터 우리 단양에서는 세금을 못 내겠습니다."

"뭐? 허허, 꼬마 녀석이 뭘 안다고……. 저리 비켜라."

정선 관아 관리는 아이를 꾸중했지만 그 아이는 물러서지 않았어요.

"저 삼봉이 정선에서 이곳까지 떠내려온 건 우리 단양 사람들의 탓이 아닙니다. 그저 홍수 때문에 떠내려온 것이지요. 그런데 왜 우리가 정선 관아에 세금을 내야 합니까?"

아이는 야무지게 따지고 들었어요.

"맞다, 맞아! 네 말이 백번 맞는 말이다."

뒤에서 아이의 말을 듣던 단양 사람들도 고개를 끄덕이며 맞장구를 쳤어요. 그러나 정선 관아 관리는 아이의 말을 무시하고 강

제로 세금을 거두어 가려고 했어요.

"어른들이 하는 일에 꼬마가 나서는 게 아니다. 비켜라!"

정선 관아 관리가 아이를 밀치고 지나가려고 하자 아이가 다시 앞을 가로막았어요.

"저 삼봉이 그렇게 소중하십니까?"

"그야 당연하지. 저 삼봉은 우리 정선에서 가장 아름다운 산봉우리로 손꼽히는 것이었으니까."

"좋습니다. 그럼 도로 정선으로 가져가십시오."

"뭐라고? 삼봉을 도로 가져가라고?"

당황한 정선 관아 관리는 식은땀을 흘리며 헛기침을 했어요.

"네. 단양에는 저 삼봉이 필요 없습니다. 도로 가져가세요."

아이의 당돌한 대답을 들은 정선 관아 관리는 더는

세금을 내라고 할 수 없었어요.

정선 관아 관리가 빈손으로 돌아가자 단양 사람들은 만세를 불렀어요. 그 뒤 정선 관아 관리들은 두 번 다시 삼봉에 대한 세금을 받으러 오지 못했답니다.

"어른들도 풀지 못한 문제를 아이가 해결하다니! 이 녀석은 앞으로 큰 인물이 되겠어."

이 아이가 바로 훗날 이성계를 도와 조선을 세우는 데 큰 공을 세운 정도전이에요.

정도전의 이야기가 얽힌 도담 삼봉은 세 개의 산봉우리로 되어 있어요. 가운데 있는 것이 남봉, 왼쪽이 처봉, 오른쪽이 첩봉이에요. 또 남봉 중턱에 세워져 있는 정자는 '삼도정'이라고 부르지요. 여러분도 기회가 있으면 오랜 옛날 홍수에 떠내려온 남한강의 도담 삼봉을 찾아가 직접 구경해 보세요.

남한강이 한눈에 내려다보이는 탄금대

남한강과 달천강이 만나는 충청북도 충주시 칠금동에는 언덕같이 낮은 산인 대문산이 있어. 대문산에 오르면 누각이 보이는데, 바로 여기가 탄금대야. 이곳에서 악사 우륵이 멋지게 가야금을 탔대. 탄금대와 우륵의 이야기를 들어 볼래?

신라 진흥왕 때였어. 가야 사람이었던 우륵은 신라로 와 신라 사람이 되었어. 우륵은 남한강이 내려다보이는 대문산의 경치에 반해서 늘 산꼭대기 큰 바위에 앉아 가야금을 탔어. 또 이 바위에서 여러 가지 음악을 연구했지. 가야금이 바로 이곳에서 탄생했고, 가야금으로 연주하는 12가곡도 여기서 만들어졌어. 탄금대라는 이름은 우륵이 남한강이 내려다보이는 바위에 앉아 가야금 연주를 하던 곳이라고 해 지어진 이름이야.

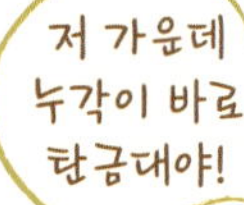

조선 선조 25년(1592년)에 임진왜란이 일어났어. 왜군들은 순식간에 경상도를 차지하고 임금이 있는 한양까지 쳐들어가려고 했지. 이때 신립 장군은 8천여 명의 군사를 데리고 문경 새재를 넘으려는 왜군들과 맞섰어.

신립 장군은 남한강의 탄금대에서 마지막까지 용감히 싸웠지만 문경 새재로 올라오는 왜군들을 당해 낼 수가 없었어. 코앞까지 왜군들이 쳐들어왔지만 등 뒤로는 남한강이 가로막고 있어서 더는 어쩔 수가 없었지. 결국 신립 장군은 이곳 탄금대에서 남한강으로 몸을 던졌다고 해.

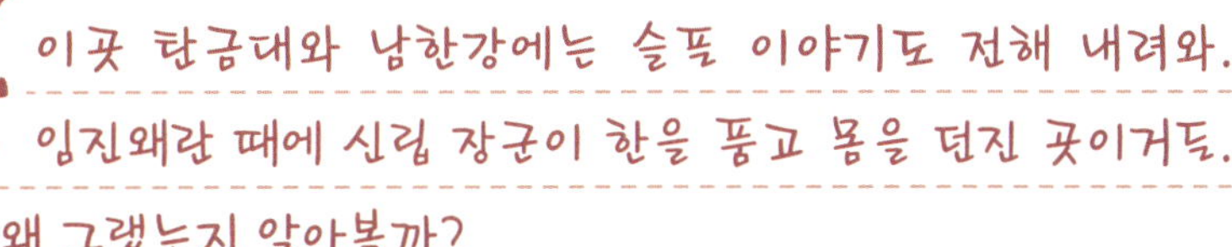

왜구를 물리친 두꺼비

섬진강

옛날 섬진강 근처에 평화로운 마을이 있었어요. 강을 끼고 길게 늘어선 땅에서는 사시사철 여러 곡식들이 자랐지요. 덕분에 이 마을 사람들은 부러울 것 없이 행복하게 살았어요.

그런데 마을 사람들에게는 큰 고민이 하나 있었어요. 바로 왜구였어요. 왜구들은 추수 때가 되면 섬진강 하구 쪽에서 배를 타고 마을까지 올라와 사람들을 죽이고 곡식과 재물을 빼앗아 갔어요.

“왜구만 없으면 정말 살기가 좋을 텐데…….”

“올해도 왜구들이 쳐들어올 텐데 이 일을 어쩌면 좋아.”

마을 사람들은 고민 끝에 사또를 찾아갔어요.

“사또 나리, 우리 마을은 정말 살기가 좋습니다. 그러나 추수 때
가 되면 왜구 때문에 걱정이 앞섭니다. 올해는 왜구를 꼭 해결해
주십시오.”

마을 사람들이 간곡하게 부탁하자 사또는 머리를 끄덕였어요.

"알겠소. 내 조정에 말해 보리다."

그러나 조정에서도 별다른 수가 없었어요. 추수 때가 다 되어 가는데도 조정에서는 아무런 연락이 오지 않았지요.

"조정에서도 왜구들을 물리칠 방법이 없나 봅니다."

"이대로 가만히 있을 수는 없습니다. 우리 마을은 우리 힘으로 지킵시다!"

마을 사람들은 농사를 지으면서 틈나는 대로 활과 화살을 만들었어요. 왜구들이 쳐들어올 때를 대비해 보초를 세우고 훈련도 했지요.

그러던 어느 날이었어요. 배 수십 척이 물뱀처럼 조용히 섬진강을 거슬러 올라오고 있었지요. 바로 왜구들이었어요.

"자, 모두들 준비해라. 이제 곧 밤이 되면 이 마을을 쑥대밭으로 만들고 수확한 곡식을 빼앗을 것이다."

드디어 해가 저물고 칠흑 같은 어둠이 내렸어요. 그러자 왜구들의 배가 서서히 움직이기 시작했어요.

"지금쯤이면 마을 사람들 모두 깊이 잠들었을 것이다. 어서 나루터에 배를 대고 곡식을 훔쳐 가자."

　왜구들의 배는 소리도 없이 나루터로 다가왔어요. 마을 보초는 잠이 깊이 들어서 왜구들이 오는 것도 모르고 있었지요.

　바로 그때였어요. 왜구들의 배가 나루터로 들어오는 순간 갑자기 사방에서 두꺼비들이 커다란 소리로 울기 시작했어요.

　"왜왝, 왝왝, 왝, 왝, 왝, 왝왝왝!"

　수백 수천 마리의 두꺼비들이 마치 누가 목이라도 조이는 듯 큰 소리로 울어 댔어요. 그 소리가 어찌나 큰지 산이 쩌렁쩌렁 울릴 정도였지요.

　"아니, 이게 무슨 일이지?"

왜구들은 깜짝 놀라 배에 납작 엎드렸어요. 시끄러운 두꺼비 울음소리에 잠들었던 보초도 벌떡 일어나 급히 북을 울렸지요.

"왜구들이 쳐들어왔다! 모두 활과 화살을 챙겨라!"

북소리가 나자 마을 사람들은 모두 활을 들고 강가로 뛰어나왔어요. 그리고 나루터에 머물러 있는 왜구들에게 활을 쏘기 시작했어요. 깜짝 놀란 왜구들은 섬진강 하구로 다시 배를 돌렸어요.

"이상한 마을이다. 두꺼비가 울지 않나, 갑자기 화살이 비 오듯

쏟아지지를 않나, 모두 후퇴한다!”

왜구들이 섬진강을 다 벗어날 때까지 두꺼비들은 쉴 새 없이

울어 댔어요.

“와! 왜구들이 도망친다.”

“나라도 지켜 주지 못한 마을을 두꺼비들이 살렸구나.”

“두꺼비들이 아니었다면 우리 마을은 무사하지 못했을 거야.”

그 뒤 몇 해 동안 왜구들은 이 마을에 쳐들어오지 않았어요.

마을은 해마다 풍년이 들어 살기가 더욱 좋아졌지요. 그러나

시간이 흐르자 왜구들이 또 쳐들어오기 시작했어요.

게다가 왜구의 수는 지난번보다 수십 배나 더 많았지요.

마을 사람들은 이번에도 힘을 모아 왜구들의 배를

향해 활을 마구 쏘았어요. 하지만 왜구들은 날아오는

화살을 방패로 모두 막았어요.

"하하하! 그런 뻔한 방법에 우리가 또 속을 줄 아느냐? 여봐라,
마을 사람들을 모조리 해치워라."

"와!"

대장의 말에 왜구들은 함성을 지르며 한꺼번에 몰려왔어요.

"모두들 나를 따르시오. 일단 몸을 피합시다."

사또는 마을 사람들을 모두 데리고 도망치기 시작했어요.

"저놈들이 도망친다. 쫓아라!"

도망치던 마을 사람들 앞에는 섬진강이 가로막고 있었어요. 섬
진강 물줄기를 본 마을 사람들은 하얗게 얼굴이 질렸어요.

"아이고, 이제 우리는 죽은 목숨이구나!"

바로 그때였어요. 강물 속에서 수백 수천 마리의 두꺼비가 나타
났어요.

"저기 좀 보세요!"

정말 믿기 힘든 일이었어요. 두꺼비 떼는 강 이쪽에서 저쪽까지
징검다리를 놓아 주었어요. 마을 사람들은 두꺼비 떼가 놓아 준
다리를 밟고 무사히 강을 건너갔어요. 마을 사람들이 무사히 강을
건너자마자 왜구들이 들이닥쳤어요.

"아니, 이게 무슨 일이냐?"

“두꺼비 다리를 밟고 강을 건너다니! 안 되겠다. 우리도 저 두꺼비 다리를 건너자!”

왜구들도 두꺼비 다리를 밟고 강을 건너기 시작했어요. 그런데 왜구들이 두꺼비 다리를 반쯤 건너자 두꺼비들이 하나둘 강물 속으로 들어가 버렸어요.

“으악, 사람 살려!”

두꺼비 다리가 사라지는 바람에 수많은 왜구들이 강물에 빠져 죽었어요. 겨우 목숨을 건진 왜구들은 허겁지겁 달아나 버렸답니다.

“와, 두꺼비 덕분에 왜구를 무찔렀다!”

마을 사람들은 모두 만세를 부르며, 기뻐서 눈물을 흘렸어요.

고려 말인 1385년에 두꺼비가 마을 사람들을 살린 일로 이 강은 두꺼비 '섬(蟾)' 자를 붙여 '섬진강'으로 부르게 되었어요. 원래 섬진강에는 고운 모래가 많아 옛날에는 '다사강', '모래내', '모래가람' 등으로 불리기도 했답니다.

삼국 시대에 백제와 신라는 이곳 섬진강을 사이에 두고 치열하게 싸웠어요. 또 임진왜란 때는 수많은 왜구들이 섬진강을 거슬러 한양까지 올라오기도 했어요.

이러한 역사를 간직하고 있는 섬진강은 전라북도 진안군 백운면 팔공산에서 시작하여 전라남도 광양만으로 흘러드는 기다란 강이에요. 길이로 따지면 우리나라에서 아홉 번째로 긴 강이랍니다.

전라도와 경상도를 잇는 섬진강 화개 장터

섬진강 물길은 진안고원이라고 불리는 전라북도 진안군 선각산과 경상북도 팔공산 사이에 자리 잡은 봉황사 데미샘에서 처음 시작돼. 아무리 가물어도 이 데미샘에서는 사시사철 샘물이 그치지 않고 흘러나오지.

섬진강은 깨끗하기로 유명해. 1급수 물에만 사는 은어를 비롯해 다른 강에서는 좀처럼 만나기 힘든 민물고기가 많아. 섬진강은 주변 마을과 어우러져 가장 아름다운 경치를 자랑하지. 섬진강에는 자랑거리가 또 하나 있는데, 바로 화개장터야.

화개장터는 예로부터 전라도와 경상도의 특산물을 사고팔던 곳이었어. 장날이면 지리산 농사꾼들은 도라지, 더덕, 고사리를 가지고 나왔고, 전라도 장사꾼들은 실, 바늘, 가위, 허리끈을 가지고 섬진강을 거슬러 올라왔어. 또 섬진강의 장사꾼들은 김, 미역, 명태, 고등어 등을 가지고 왔지. 화개장터에서는 남사당, 여사당, 창극, 신파극, 광대극 등을 구경할 수도 있었어.

화개장터는 불과 몇 십여 년 전만 해도 특산물이 넘쳐 났지만 지금은 화려했던 옛 모습은 찾아볼 수 없어. 규모가 컸던 5일장 대신 이제는 현대식 시장이 들어서 있지. 강을 건너기 위해 줄배를 기다렸던 나루터도 지금은 한적하단다.

나라를 구한
의로운 논개의 혼 남강

경상남도 진주하면 가장 먼저 떠오르는 강이 있어요. 바로 남강이지요. 그곳에는 촉석루라는 큰 누각과 의암이라는 이름을 가진 조그마한 바위가 있어요. 이 의암에는 나라를 구하고자 왜장을 껴안고 남강에 몸을 던진 논개의 유명한 이야기가 깃들어 있답니다.

논개는 지금으로부터 약 4백 년 전에 전라북도 장수의 양반 가

문에서 태어났어요. 하지만 논개는 임진왜란이 일어나자 최경회 장군을 따라 진주로 내려갔어요. 최경회 장군은 임진왜란 때 의병 장으로 활동한 장군인데, 금산과 무주의 전투에서 큰 공을 세웠지 요. 최경회 장군과 논개는 서로 사랑했답니다.

"장군님, 큰일 났습니다."

한 병사가 최경회 장군에게 허겁지겁 달려왔어요.

"무슨 일이냐?"

"장군님, 왜군이 진주성 앞까지 쳐들어왔습니다."

"뭐라고!"

최경회 장군은 자리에서 벌떡 일어났어요. 진주성 밖에는 이미 왜군 2만 명이 개미 떼처럼 몰려와 있었지요. 잠시 뒤, 왜군 쪽에서 한 병사가 말을 타고와 최경회 장군에게 편지를 전했어요. 그 편지는 항복하라는 내용이었어요.

지금 항복하면 목숨만은 살려 주겠다.

하지만 최경회 장군은 편지를 발기발기 찢어 진주성 밖으로 날려 보냈어요. 그러고는 긴 칼을 옆에 차고 늠름한 표정으로 왜군들을 향해 크게 소리쳤어요.

"내 이 자리에서 죽을지언정 항복할 수는 없다."

최경회 장군의 힘찬 외침에 우리나라의 군사들은 함성을 질렀어요. 최경회 장군은 몸을 돌려 우리 군사들에게 다시 외쳤어요.

"들어라! 군사들이여! 왜군의 수는 우리보다 많다. 하지만 용감하게 싸우면 우리는 반드시 승리할 수 있다. 모두 용기를 잃지 말고 마지막까지 용감하게 맞서 싸워라!"

우리 군사들은 최경회 장군을 따라 2만 명이나 되는 왜군과 용감하게 맞서 싸웠어요.

싸우는 우리 군사들 중에는 백성들도 끼어 있었어요. 무기가 없는 백성들은 돌팔매질을 하며 왜군과 끝까지 맞서 싸웠지요. 하지만 우리 군사들은 고작 3천 8백 명밖에 되지 않아 왜군을 막아 내기가 어려웠어요. 결국 일주일 만에 진주성을 빼앗기자 최경회 장군은 남강에 몸을 던져 스스로 목숨을 끊었답니다.

최경회 장군이 남강에 몸을 던져 스스로 목숨을 끊었다는 소식을 들은 논개는 매우 슬퍼했어요.

"아, 하늘이시여! 어찌하여 사랑하는 사람의 목숨을 거두어 가셨나이까?"

논개는 최경회 장군을 잃은 슬픔으로 몇 날 며칠을 음식도 손에 대지 않고 남강의 푸른 물결만 내려다보고 있었어요.

그러던 어느 날 논개는 자리에서 벌떡 일어나서는 두 주먹을 꼭 쥐었어요.

"이놈들, 어디 두고 보자. 우리나라에 쳐들어온 네놈들을 내 결코 용서하지 않을 테다!"

  굳게 결심한 논개는 기생집을 찾아갔어요. 논개는 왜장들을 가까이 만나기 위해 기생이 되려고 한 것이었지요.

  한편, 왜장들은 진주성을 빼앗은 것을 기념하며 매일 밤 촉석루에 올라가 술잔치를 벌였어요.

  “자, 우리 모두 축하의 잔을 높이 듭시다.”

  왜장들이 모두 흥겨워하던 바로 그때, 논개가 나타났어요.

  “제가 한 잔 올려도 되겠사옵니까?”

  왜장들은 논개의 아름다운 모습에 두 눈이 휘둥그레졌어요.

  “조선에 저렇게 예쁜 여자가 있다니!”

  “정말 미인이로다!”

  논개의 아름다운 모습에 반한 왜장들은 논개에게 서로 잔을 내밀며 술을 따르라고 했어요.

  “그래그래. 어디 내 잔에도 술을 따라 보거라.”

  “네. 알겠사옵니다.”

  논개는 활짝 웃으며 술을 따랐어요. 그러나 마음속으로는 왜장들을 가만두지 않겠다는 굳은 결심을 했어요.

  ‘그래, 조금만 더 웃고 즐겨라. 이 논개가 네놈들을 가만두지 않을 것이다.’

논개는 왜장들에게 모두 술을 따르고는 아름다운 춤을 추기 시
작했어요.

"얼굴만 예쁜 게 아니라 춤까지!"

왜장들은 논개의 춤에 흠뻑 빠져들었어요. 논개는 계속해서 왜
장들이 술을 마시도록 했어요.

"한 잔만 더 하세요."

"오냐, 그래그래."

시간이 지나자 왜장들은 몸을 가누지 못할 정도로 술에 취했어요.
그러자 논개는 지위가 가장 높은 왜장을 골라 손을 잡았어요.

"장군님, 저랑 술래잡기해요."

"술래잡기? 그거 좋지!"

논개는 촉석루에 벌어진 술자리에서 일어나 밖으로 나왔어요.
왜장도 논개를 쫓아 나왔지요.

"장군님, 저를 잡아 보세요. 호호호."

술에 취한 왜장은 비틀거리며 논개를 쫓아갔어요. 그때 부하 장
수들이 왜장의 앞을 가로막았어요.

"장군님, 밑으로 내려가시면 위험합니다. 남강 쪽으로 더는 내
려가지 마십시오."

그러자 술에 취한 왜장은 고래고래 소리를 질렀어요.

"지금 네 놈이 내 앞을 가로막는 게냐? 썩 물러서지 못할까?"

"장군님!"

"이놈이 그래도, 썩 물러서거라!"

이미 남강 쪽으로 내려가 있던 논개는 왜장을 간절히 불렀어요.

"장군님, 뭐 하시옵니까? 어서 이리로 내려오세요."

“허허, 그래그래. 어디를 그렇게 멀리 가느냐. 이리 오너라.”

논개는 왜장과 함께 춤을 추며 남강의 바위까지 왔어요. 바위 밑으로는 시퍼런 강물이 흐르고 있었지요.

“이리 오라니까. 옳지, 잡았다!”

왜장은 마침내 논개를 붙잡았어요. 드디어 논개가 기다리던 순간이 왔어요. 논개는 왜장의 목을 꽉 끌어 안았어요. 그러고는 조금의 망설임도 없이 남강으로 뛰어들었어요.

“으아아아.”

왜장은 놀라 비명을 질렀어요. 하지만 때는 이미 늦었지요.

‘풍덩!’

남강의 시퍼런 강물은 두 사람을 순식간에 집어삼켜 버렸어요. 논개는 우리나라에 쳐들어온 왜장을 죽이기 위해 자신의 목숨을 버린 것이었어요.

훗날 사람들은 나라를 위해 자신의 목숨을 버린 논개를 기리기 위해 논개가 왜장을 안고 몸을 던진 바위를 ‘의암’이라고 이름 붙

였어요.

　그리고 진주 남강에는 논개의 사당인 '의기사'도 세워져 있지요.
이곳에서는 지금도 해마다 논개가 죽은 6월 29일이 되면 논개를
기리는 제사를 지낸답니다.

남강에 우뚝 서 있는
진주성과 촉석루

남강에는 바로 최경회 장군이 활약했던 진주성이 자리 잡고 있어. 진주성은 진주의 역사와 문화를 상징하는 중요한 건축물이라고! 자, 함께 들어가 볼까?

진주성은 경상도에서 전라도로 가는 길목에 있어서 지리적으로 아주 중요해. 성의 둘레는 약 1,700미터래.

진주성은 삼국 시대부터 있었어. 1379년 고려 말 우왕 때는 왜구가 쳐들어올 것을 대비해서 성을 더 튼튼히 쌓았다고 해. 하지만 진주성은 그 다음 해인 1380년에 왜구가 쳐들어와 허물어지고 말았지. 그 뒤로 성을 몇 번이나 다시 쌓았지만 임진왜란으로 또 많이 망가졌어. 진주성은 최근에 크게 공사를 해 당당한 모습을 갖추게 되었지. 지금은 사적 제118호로 정해져 있어.

촉석루는 진주성 문 안으로 들어가면 남강 쪽으로 우뚝 솟아 있어. 남강의 바위가 뾰족뾰족하게 솟아 있는 모양을 보고 촉석루라고 이름 붙였대. 촉석루는 다양한 용도로 사용됐어. 전쟁 때는 진주성의 지휘 본부로 쓰였고, 평소에는 과거를 치루는 시험장으로 쓰였어. 원래 촉석루는 한국 전쟁 때 불에 타 버렸지만 진주 시민들이 힘을 모아 1960년에 다시 옛 모습으로 세운 거라고 해.

정선 아리랑이 만들어진 곳
동강

"대감, 소식 들으셨습니까?"

"무슨 소식 말이오?"

"글쎄, 이성계가 우리 고려를 무너뜨리고 조선을 세웠다고 하지 뭡니까?"

이성계가 고려를 무너뜨리고 조선을 세웠다는 소식을 들은 고려 충신들은 땅을 치며 통곡했어요.

한편, 조선을 세운 이성계는 하루라도 빨리 신하들에게 새로운 임금으로 인정받고 싶었어요. 하지만 고려의 여러 충신들은 이성계를 임금으로 인정하지 않았어요. 이성계는 고려 충신들의 마음을 돌리기 위해 사람을 보냈지요.

"나라가 바뀌었으니 새로운 임금을 모셔야 하지 않겠소?"

이성계를 따르는 다른 신하들은 고려 충신들을 설득했어요.

“제발 고집 피우지 말고 마음을 돌리시오.”

“우리는 죽으면 죽었지 절대 두 임금을 섬길 수 없소이다.”

이 소식을 전해 들은 이성계는 크게 실망했지만 포기하지 않고 계속해서 그들을 설득했어요.

‘조선이 인정받으려면 고려 충신들의 힘이 꼭 필요해. 이들이 내 편이 되면 백성들도 이 나라를 인정할 거야.’

물론 그중에는 이성계에게로 마음을 돌린 신하들도 있었어요. 그러나 고려 충신 72명은 조선을 세우는 데 끝까지 반대하며, 지금의 개성인 송도 두문동에 들어가 숨어 지냈어요. 고려 충신들은 이성계가 내리는 벼슬도 받지 않았지요.

그러자 화가 난 이성계는 이들을 두문동 밖으로 나오게 하려고 마을 입구에 불을 지르라는 명령을 내렸어요.

‘불이 무서워서라도 밖으로 나오겠지.’

하지만 불이 활활 타오르는데도 두문동에서는 단 한 사람도 밖으로 나오지 않았어요. 이 일로 ‘집에서 바깥으로 나가지 않는다’는 뜻의 ‘두문불출’이라는 말이 생겨났답니다.

이성계가 마을 입구에 불까지 지르자 고려 충신 72명 중 일곱 명인 원천석, 구홍, 길재, 전오륜, 서진, 최문한, 이색은 동강이 내려다보이는 강원도로 몸을 숨겼어요.

그곳이 바로 지금의 정선 남면 낙동리 거칠현동이에요. 정선으로 옮겨 간 고려 충신들은 고려 왕조에 충성을 맹세하며 풀뿌리와 나무껍질로 겨우 목숨을 이어 갔어요. 하지만 그들도 가족이 그리운 것은 어쩔 수 없었지요.

"아, 내 몸은 이곳 동강에서 한숨짓는데, 그리운 가족은 어디에서 내 이름을 부르고 있을까?"

"동강은 흘러 흘러 한강까지 가는구나. 동강에 내 편지를 띄워 보내면 한강에 있는 우리 가족들이 내 소식을 알 수 있을까?"

고려 충신들은 외롭고 고달픈 마음을 한시로 지었어요.

눈이 오려나 비가 오려나
억수 장마가 지려나
만수산 검은 구름이 막 모여든다.
명사십리가 아니라면은 해당화는 왜 피며
모춘 삼월이 아니라면은 두견새는 왜 우나.
아리랑 아리랑 아라리요
아리랑 고개 고개로 날 넘겨 주게.

그 뒤 세상 사람들은 고려 충신들이 지은 한시를 노래로 만들어 불렀어요. 지금의 '정선 아리랑'은 이렇게 만들어졌답니다.

정선 아리랑이 어떻게 생겨났는지에 대한 또 다른 이야기가 있어요. 옛날 정선 아우라지 나루터를 사이에 두고 마주한 두 마을이 있었어요. 바로 여량리와 유천리라는 마을이었지요.

여량리에 사는 처녀와 유천리에 사는 총각은 서로 깊이 사랑했지만 자주 만날 수 없었어요.

"아, 사랑하는 내 님은 지금쯤 무얼 하고 있을까?"

여량리에 사는 처녀는 매일 강을 바라보며 한숨을 내쉬었어요.

유천리에 사는 총각도 강을 바라보며 처녀를 그리워했어요.

그러던 어느 날 여량리의 처녀에게 좋은 생각이 났어요.

"어머니, 강 건너 싸리골에 동백꽃을 따러 갔다 올게요."

처녀는 날마다 동백꽃을 따러 간다는 핑계를 대고 강을 건너갔어요. 그리고 거기서 유천리 총각을 만나 사랑을 속삭였지요.

그러던 어느 날이었어요. 여름이 되어 장마가 시작되자 마치 하늘에 구멍이라도 난 것처럼 비가 그칠 줄 모르고 내렸어요.

'이제 어떻게 하지? 강이 불어나 건널 수가 없으니…….'

처녀는 발을 동동 굴렸어요.

강 건너 총각도 오랫동안 사랑하는 처녀를 보지 못해 앓아누웠어요. 총각이 처녀를 그리워하며 앓아누웠다는 소식을 전해 들은 처녀는 가슴이 찢어질 듯 아팠어요.

'아, 사랑하는 내 님의 병을 고치려면 이 강을 건너야 해.'

처녀는 불어난 강을 건너가 보려고 애를 썼어요. 하지만 혼자 힘으로는 건널 수 없었지요. 그러자 처녀는 슬퍼하며 강가에 나가 사랑의 노래를 불렀어요. 그 노래가 바로 정선 아리랑의 시작이 되었다고 해요.

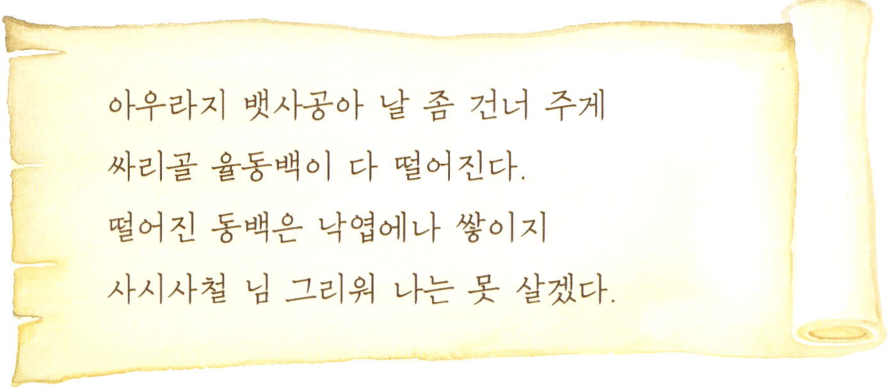

동강의 상류인 강원도 정선군 북면 여량리에 가면 아우라지 나루터가 있어요. 아우라지 나루터는 북쪽에서 흘러오는 송천과 남동쪽에서 흘러오는 골지천이 만나는 곳이에요. 이 두 갈래의 물이 한데 어우러진다고 해서 '아우라지'라는 이름이 붙었지요.

　이곳이 바로 정선 아리랑이 만들어진 곳이에요. 노랫말이 무려 700~800여 수나 되는 정선 아리랑은 강원도 정선 지방에서 전해 오는 민요로 '아라리'라고도 해요.

　현재 정선 아리랑은 강원도 무형 문화재 제1호로 지정되어 있어요. 강이 내려다보이는 아우라지 언덕에는 강원도가 정선 아리랑의 본고장임을 알리는 아우라지 처녀상과 정선 아리랑비도 세워져 있답니다.

서울까지 가던 동강
아우라지의 뗏목

아우라지는 동강의 뗏목이 출발하는 곳이야. 겨울이 지나 얼었던 강물이 녹고, 큰비가 내려 물이 불어나기 시작하면 동강의 떼꾼들은 뗏목을 엮어 서울로 나무를 실어 갈 준비를 했대.

뗏목을 엮는 데는 보통 이틀에서 사흘 정도 걸려. 뗏목은 소나무 15개에서 20개 정도를 엮어 한 동으로 만들고, 다섯 동이나 여섯 동을 하나로 이어 완성하지. 또 험한 물길에 뗏목이 쉽게 풀어지지 않도록 X자 모양으로 끈을 묶어.

드디어 뗏목이 완성되어 서울로 떠날 때, 나무를 파는 상인들은 떼꾼들과 함께 고사를 지냈어. 험한 동강 물길을 잘 헤쳐 나가라는 의미지.

뗏목에는 앞사공와 뒷사공이 타. 앞사공은 물길을 찾아 운전을 하고 뒷사공은 뗏목 꽁무니의 방향을 잡아 주지. 정선의 아우라지를 비롯해 나무가 많이 나는 조양강과 동강 주변에서 출발하는 뗏목은 영월 덕포에서 하나로 합쳐져 서울로 향해.

정선에서 출발한 떼꾼들은 보통 열흘에서 보름 정도 걸려 서울의 광나루와 마포나루에 도착해. 거기서 뗏목을 주인에게 넘기고 돈을 받았는데, 쌀 다섯 가마를 살 수 있을 정도로 큰 돈이었대. '떼돈 번다'는 말도 바로 여기서 나온 거야.

임금을 위해 세운 정자

임진강

"전하, 몇 년 뒤에 우리나라에 큰 전쟁이 일어날 수 있습
니다. 그러하오니 지금부터 십만 명의 군사를 만들어 훈련시키는
게 좋겠습니다."

조선을 대표하는 학자 이율곡이 임금인 선조에게 말씀드렸어요.
그러자 다른 신하들이 바로 반대를 하고 나섰어요.

"전하, 말도 안 되는 소리입니다. 지금처럼 평화로운 때에 왜 십

만 대군을 길러야 합니까?"

　그때 조선의 신하들은 나라를 돌볼 생각은 하지 않고 서로 편을

갈라 싸움만 하고 있었어요.

　"십만 대군을 기르자는 의견을 들어줄 수가 없겠소."

　선조 역시 고개를 저었어요. 그러자 다른 사람을 흉보기 좋아하

는 신하들은 이 일로 이율곡을 계속 괴롭혔어요.

“쓸데없는 말을 하는 이율곡은 병조 판서 벼슬자리에 앉아 있을 자격이 없습니다.”

이를 견디다 못한 이율곡은 결국 선조를 찾아가 벼슬을 내놓겠다고 했어요.

“전하, 저는 벼슬을 내놓고 고향으로 돌아가겠습니다. 고향에서 젊은이들을 가르치며 쉬고 싶습니다.”

“아니 될 말이오. 그대처럼 훌륭한 신하가 떠나 버리면 이 나라는 누가 돌본단 말이오?”

선조는 이율곡을 붙잡았지만, 이율곡은 끝내 벼슬을 내놓고 임진강 근처의 고향으로 돌아왔어요. 고향에서 한가로운 날을 보내던 이율곡은 어느 날 임진강이 내려다보이는 언덕에 올랐어요.

“여기서는 임진강이 훤히 내려다보이는구나.”

이율곡은 잠시 눈을 감고 생각에 잠겼다가 언덕을 내려와 하인을 찾았어요.

“저 언덕에 정자를 하나 지어야겠으니 솜씨 좋은 목수 한 명을 불러오너라.”

그리고 다음 날부터 언덕 위에 정자를 짓는 공사가 시작되었어요. 이율곡은 언덕에 올라가 일하고 있는 목수를 불렀어요.

"이보게, 이 소나무가 송진이 많은 소나무인가?"

"네, 대감마님이 분부하신 대로 송진이 많은 소나무만을 썼습니다요. 그런데 대감마님, 송진이 많은 소나무를 쓰면 기둥이 잘 휘어지는데 왜 하필⋯⋯."

"허허, 그냥 내 말대로 해 주게."

며칠 뒤, 정자의 지붕을 올릴 때가 되자 이율곡은 다시 언덕으로 올라가 목수를 불렀어요.

"이보게, 지붕을 올릴 때는 흙을 많이 쓰지 말게."

"네? 흙을 써야 지붕이 바람에 날아가지 않사옵니다."

"허허, 그래도 몇 년은 너끈히 버틸 수 있지 않은가?"

"몇 년 정도야 당연히 버티겠지요. 하지만 이왕 정자를 지으시려면 수백 년은 견딜 정도로 짓는 게 좋습니다요."

이율곡은 목수의 어깨를 자상하게 두드리며 말했어요.

"그냥 내가 시키는 대로 따라 주게나."

마침내 정자가 완성되었어요. 임진강이 훤히 내려다보이는 언덕에 세워진 정자는 참으로 아름다웠어요.

이율곡은 이 정자의 이름을 '화석정'이라고 짓고 현판을 써 정자에 걸었어요. 화석정이라고 쓴 현판을 그윽한 눈으로 바라보던 이율곡은 목수를 불러 또 이상한 지시를 내렸어요.

"이보게, 이 정자에 기름을 바르면 어떻겠는가?"

"대감마님, 왜 자꾸 이해할 수 없는 말씀만 하십니까? 정자에 기름을 바르면 불에 타기 쉽습니다. 기름은 절대 안 됩니다요."

"내가 왜 그걸 모르겠는가? 내 다 생각이 있어서 그러는 것이니 아무 말 말고 따라 주게나."

목수는 할 수 없이 정

자에 기름을 발랐어요. 정자는 기름을 모두 빨아들여 반질반질 윤이 났어요.

그리고 얼마 뒤, 선조는 이율곡에게 다시 벼슬을 내렸어요. 이율곡은 한양으로 가기 전에 가족을 모두 불러 놓고 말했어요.

"지금부터 내가 하는 말을 잘 듣고 꼭 그대로 하거라."

"네, 아버님. 말씀하십시오."

"머지않아 우리 조선에는 큰 전쟁이 일어날 것이다. 그때 임금님께서 한양을 빠져나와 이곳 임진강을 건너게 될 게야. 만일 임금님께서 강을 건너는 때가 밤이라면, 언덕 위 내가 지은 화석정에 불을 놓거라."

가족들은 그제야 이율곡의 깊은 뜻을 헤아릴 수 있었어요.

'그래서 아버님이 불이 잘 붙는 송진이 많은 소나무로 기둥을 세우고, 지붕에 흙을 쓰지 말라고 하셨구나. 정자에 기름을 바르라고 하신 것도 다…….'

다시 한양으로 올라와 나랏일을 보게 된 이율곡은 이조 판서 벼슬자리에 올라 나라를 잘 다스렸어요. 그러던 어느 날 이율곡은 갑자기 병이 깊어져 49세의 나이로 그만 숨을 거두었어요.

그리고 이율곡이 죽은 지 8년째 되는 해, 수많은 왜적들이 우리나라로 쳐들어왔어요. 왜적들은 며칠 만에 한양까지 올라왔지요.

하지만 전쟁 준비를 전혀 하지 않았던 우리 군사들은 제대로 한 번 싸워 보지도 못하고 계속 지기만 했어요.

"전하, 빨리 북쪽의 평양으로 몸을 피하셔야 합니다."

선조는 한양을 빠져나와 평양으로 향했어요. 선조는 드디어 임진강에 도착했어요. 이미 깜깜한 밤이 된 뒤였지요.

"어서 배를 찾아 보거라."

임금의 명령에 신하들은 배를 찾으려고 이리저리 뛰어다녔지만 칠흑같이 어두운 밤이라 배가 어디에 있는지 찾을 수 없었어요.

"전하, 황송하옵게도 너무 깜깜하여 배를 찾지 못했습니다."

"뭐라고? 그럼 이제 어찌하면 좋단 말이냐?"

　“오늘 밤에는 여기서 주무시고 내일 임진강을 건너시는 것이 좋
을 듯 싶습니다.”

　그러자 선조의 호위를 맡은 신하가 버럭 화를 냈어요.

　“그럴 수는 없습니다. 왜적들이 우리의 뒤를 계속 쫓고 있는데,
어찌 여기서 밤을 세운단 말입니까?”

　바로 그때, 갑자기 언덕 위에서 불길이 치솟았어요. 이율곡이

지은 화석정이 불길에 활활 타오르고 있었어요. 덕분에 선조는 나루터에서 배를 찾아 무사히 임진강을 건널 수 있었어요.

"전하, 하늘이 전하를 도우시는가 봅니다."

선조는 강을 건너면서 언덕 위에서 타오르는 불길을 오랫동안 바라보았어요.

"아니, 저건 정자가 아니더냐?"

"그렇사옵니다."

"정자가 저렇게 오래 타오르다니! 정말 신기한 일이구나."

화석정은 선조와 신하들이 임진강을 무사히 건널 때까지 쉬지 않고 활활 타올랐어요.

몇 년 뒤, 전쟁이 끝나자 평양으로 몸을 피했던 선조는 다시 한양으로 돌아왔어요. 선조는 임진강 나루터에서 있었던 그때의 일을 떠올렸어요.

"여봐라, 그때 임진강 언덕에 있던 정자가 왜 타올랐는지 그 까닭을 알아 오너라."

곧 이율곡이 그 정자를 세웠고, 이율곡이 시킨 대로 가족들이 정자에 불을 놓았다는 사실이 밝혀졌어요. 이 소식을 들은 선조는 자리에서 벌떡 일어나 탄식했어요.

'그때 이율곡의 말을 들었어야 하는 건데……. 십만 대군을 길러야 한다는 말을 왜 흘려들었을고. 이율곡은 내가 임진강을 건너 평양으로 몸을 피할 것까지 미리 다 알고 있었던 게구나!'

선조는 신하들에게 명령했어요.

"지금 당장 불에 탄 화석정을 옛 모습 그대로 다시 짓고, 이율곡의 뜻을 기리도록 하라!"

그렇게 하여 불에 타 없어졌던 화석정은 다시 세워졌어요. 지금도 임진강가에 가면 화석정의 아름다운 모습을 볼 수 있답니다.

임진강에 있는
남북 분단의 사적지와 반구정

임진강은 휴전선을 사이에 두고 남과 북을 가르며 흐르는 강이야. 그래서 임진강 주변에는 남과 북의 슬픈 역사를 간직하고 있는 곳이 많아. 이곳에 얽힌 이야기를 들어 볼까?

이곳은 한국 전쟁 때 가장 치열했던 전쟁터 중 한 곳이야. 이곳에 있는 자유의 다리에서는 전쟁이 끝난 다음 남북의 포로를 교환했대. 이 다리에 서서 남이나 북으로 한 번 갈 곳을 정하면 다시는 되돌아갈 수 없다고 해서 '돌아오지 않는 다리'라고도 불렀어.

임진강이 내려다보이는 곳에 있는 임진각은 휴전선에서 남쪽으로 7킬로미터 떨어져 있지. 이곳 임진각 망배단에서는 명절이 되면 해마다 북쪽에 가족을 두고 있는 실향민들이 제사를 지내고 있어.

임진강가에 자리한 반구정은 경치가 좋기로 유명해. 맑은 날에는 멀리 개성의 송악산까지 보이고, 반구정 앞으로는 아름다운 모래사장도 넓게 펼쳐져 있지. 조선 시대 황희 정승은 벼슬을 내놓고 내려와 이곳에서 여생을 보냈어. 검소했던 황희 정승은 어부들과 똑같은 모습으로 살았기 때문에 어부들은 황희 정승이 나라의 유명한 학자인지도 잘 몰랐다고 해.

임진강 주변에는 사람들이 들어갈 수 없는 곳이 많기 때문에 지금도 식물과 동물이 자유롭게 살고 있어. 후삼국 시대의 유적도 많이 남아 있지. 하지만 군사 분계선 안에 있기 때문에 안타깝게도 역사 유적은 아직 발굴하지 못하고 있어.

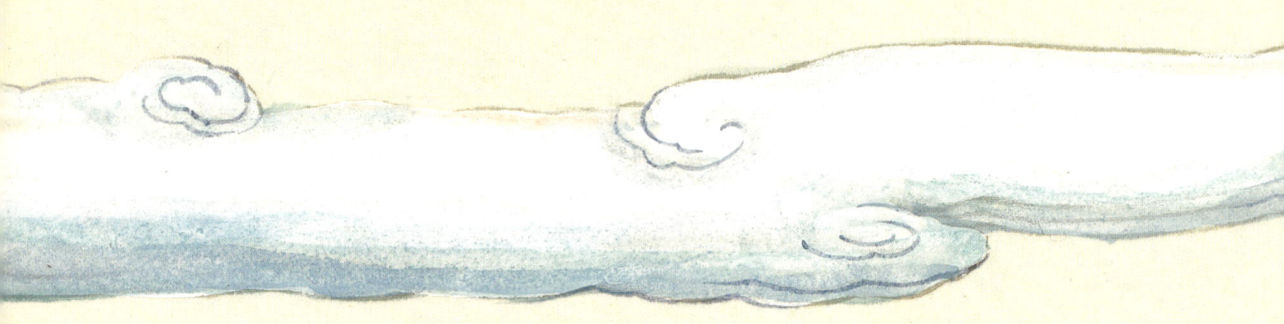

뱃사공 손돌이의 전설
한강

옛날 한강 마포나루에는 오랫동안 뱃사공을 지낸 손돌이라는 사람이 살았어요. 손돌이는 어느 누구보다도 한강의 뱃길을 잘 알았지요. 게다가 노를 얼마나 잘 젓는지 한강의 뱃사공 중에 손돌이를 모르는 사람이 단 한 명도 없었어요.

"전하, 어서 몸을 피하셔야 합니다."

1624년, 이괄의 난이 일어나자 신하들은 서둘러 임금인 인조에

게 몸을 피하라고 했어요.

"배를 타고 강화도로 가는 게 좋겠습니다. 한강에서 나룻배를 타면 한양을 빨리 빠져나갈 수 있습니다."

인조를 강화도로 모시고 갈 뱃사공으로는 손돌이가 뽑혔어요. 뜻하지 않은 어려움을 당해 배에 몸을 싣고 떠나게 된 인조는 슬픔과 걱정으로 마음이 무거웠지요.

'아, 이 일을 어찌하면 좋단 말인가?'

신하들은 한숨 쉬는 임금을 차마 볼 수가 없어 그저 하늘만 하염없이 바라보았어요.

손돌이가 젓는 배는 삐걱삐걱 소리를 내며 한강 하구로 미끄러져 갔어요. 그런데 인조가 무엇을 보았는지 갑자기 뱃머리로 다가왔어요.

'아니, 저 앞쪽에 소용돌이치는 여울이 있지 않은가?'

여울은 물살이 세게 흐르는 곳인데, 배가 여울로 점점 가까이 가고 있었어요. 인조는 불안해졌어요. 여울로 배가 들어가면 틀림없이 물속으로 가라앉을 것만 같았거든요. 그렇지 않아도 난을 일으킨 이괄의 무리에게 쫓겨 몸을 피하던 인조는 마음이 편하지 않았지요.

'저 뱃사공도 그 무리와 한패가 아닐까? 혹시 나를 물에 빠뜨리려는 게 아닐까?'

마음이 약해진 인조는 자꾸만 여울을 향해 노를 젓는 손돌이가 의심스러웠어요. 인조는 신하를 불러 걱정스럽게 물었어요.

"여봐라. 저기 앞에 보이는 것이 여울이 아니더냐?"

"네, 그러하옵니다. 전하."

"배가 저 여울로 들어가면 위험하지 않겠느냐?"

임금의 마음을 눈치챈 신하는 곧장 손돌이에게 가서 말했어요.

"여봐라, 뱃사공! 배가 여울 쪽으로 가는 거 같은데, 위험하지 않겠나?"

손돌이는 쉬지 않고 노를 열심히 저으며 대답했어요.

"네, 괜찮습니다. 걱정하지 마십시오. 제가 임금님을 무사히 모시겠습니다."

손돌이는 배를 돌리려고 하지 않고 계속 여울 쪽으로 노를 젓기만 했어요. 얼마 뒤, 인조는 초조한 표정으로 다시 신하를 불러 말했어요.

"여봐라, 다시 한 번 가서 뱃사공에게 주의를 주거라."

그러나 이번에도 손돌이는 걱정할 필요가 없다며 여울 쪽으로 배를 몰았어요. 배는 점점 여울 한가운데로 들어가고 있었어요. 인조는 더 의심스러웠어요.

'저 뱃사공은 이괄의 꼬임에 빠진 녀석이 틀림없어.'

인조는 무서운 표정을 지으며 신하들에게 명령했어요.

"여봐라, 아무리 생각해도 저 뱃사공이 수상하다. 지금 당장 저 뱃사공의 목을 베어라."

신하들이 임금의 명령을 받고, 손돌이의 목을 베려고 하자 손돌이는 임금 앞에 넙죽 엎드렸어요.

"전하, 한강 하류는 물살이 매우 험합니다. 여울을 무사히 건너가는 길은 이 길밖에 없습니다. 제발 이 사공을 한 번만 믿어 주십

시오!"

손돌이는 임금에게 왜 여울로 노를 저어야 하는지 여러 번 설명했어요. 하지만 궁궐 안에서만 살던 인조는 한강의 물살이나 뱃길에 대해서 알 턱이 없었지요.

"그렇다면 저 여울을 피해 갈 다른 방법이 없단 말이냐?"

"네, 전하. 여울을 지나가는 방법밖에 없사옵니다."

손돌이가 끝까지 여울을 지나가야 한다고 말하자 인조는 매우 화가 나서 불호령을 내렸어요.

"여봐라, 더는 들을 것도 없다. 당장 이놈의 목을 베어라."

모든 것을 포기한 손돌이는 마지막으로 임금에게 말했어요.

"조금만 더 가면 한강을 벗어날 수 있는데 끝까지 전하를 모시지 못하는 것이 원통하옵니다. 이제 소인이 죽기 전에 한 말씀 드리겠사오니, 부디 제 말을 들어 주십시오."

"말해 보거라."

"소인이 죽은 다음에 분명 배가 거센 물살에 휩싸일 것입니다.

그때는 잊지 마시고 이 바가지를 강물에 띄우십시오. 바가지가 흘러가는 대로만 배를 저으면 무사히 한강을 빠져나갈 수 있을 것입니다.”

손돌이는 배에 늘 가지고 다니던 바가지를 임금에게 바치고, 억울하게 죽고 말았어요.

손돌이가 죽자 인조는 다른 뱃사공에게 배를 몰도록 하였어요. 그런데 이 뱃사공은 손돌이보다 노 젓는 것이 서툴러 배가 이리저리 흔들렸어요. 나중에는 배가 금방이라도 뒤집어질 듯이 요동쳤지요. 이렇게 되자 인조는 신하를 불렀어요.

“어째서 배가 이리도 흔들리는 것이냐?”

신하는 뱃사공을 마구 꾸짖었어요.

“네 이놈! 어찌 배가 이렇게 흔들리느냐. 너도 죽고 싶은 게냐?”

“죄송합니다요. 최선을 다하고 있습니다요.”

하지만 뱃사공은 거센 한강 하류의 물살에 익숙하지 못했어요. 강물이 흐르는 방향으로 배를 제대로 몰지 못하고 허둥거리만 했지요. 배가 언제 뒤집힐지 모르는 바로 그때, 인조

는 손돌이가 죽기 전에 했던 이야기가 생각났어요.

"여봐라, 어서 이 바가지를 강에 띄우고 바가지가 가는 대로 노를 젓도록 하여라."

뱃사공은 곧 명령대로 바가지를 강에 띄우고 바가지가 떠내려가는 대로 배를 저어 갔어요. 인조는 손돌이가 건네준 바가지 덕분에 무사히 강화도까지 갈 수 있었어요. 그제야 인조는 자신의 잘못을 깨닫고 한숨을 쉬었어요.

'아, 나의 잘못으로 한강에서 가장 유능한 뱃사공 손돌이가 억울하게 죽었구나.'

하지만 때는 이미 늦은 뒤였지요. 얼마 뒤 이괄의 난이 가라앉자 인조는 한양의 궁궐로 되돌아왔어요. 한양으로 돌아와 안정을 되찾은 인조는 신하들에게 명령을 내렸어요.

"과인이 강화도로 가던 중 착하고 재주 있는 뱃사공을 쓸데없이 의심하여 죽게 만들었다. 손돌이라는 뱃사공의 무덤 앞에 사당을 짓고 해마다 제사를 지내 주거라."

이렇게 해서 한강 하류에 손돌이의 사당이 지어졌어요. 그런데 이상하게도 손돌이가 죽은 시월 스무날만 되면 갑자기 강바람이 세차게 몰아치고 날씨가 추워졌어요. 또 비바람이 심해져 배가 뒤

집히는 일도 자주 일어났어요. 그러자 한강을 오가는 뱃사공들도 손돌이의 사당에 제사를 지내며 손돌이의 영혼을 위로했어요.

사람들은 시월 스무날만 되면 한강 하류에 무섭게 부는 추운 바람을 손돌이의 넋이라고 생각하여 '손돌풍'이라고 이름 붙였어요. 또 손돌이가 죽임을 당한 한강 여울목은 '손돌목'이라고 불렀지요.

오랜 시간이 흘러 지금은 손돌이의 사당도 없어지고 비석도 그 흔적을 찾을 수 없어요. 하지만 손돌목이라는 이름만은 아직도 남아 있답니다.

왜군들을 막아낸 한강의 행주산성

우리나라 수도인 서울을 가로지르는 한강은 서해로 흘러 들어가. 그런데 서해로 흘러가는 한강 줄기에 솟아 있는 산이 있어. 바로 덕양산이지. 그럼 함께 찾아가 볼까?

덕양산은 언덕처럼 작은 산이지만 한강가에 솟아 있기 때문에 산 정상에 올라가면 한강은 물론이고 임진강까지 다 보여. 맑은 날에는 멀리 김포까지 한눈에 들어오지. 이 때문에 덕양산은 예부터 수상 교통의 중심지였대.

또 이곳은 군사적으로도 중요해서 유명한 산성이 세워지기도 했어. 바로 행주산성이지. 행주산성 뒤로는 한강이 흐르고, 행주산성으로 올라가는 길도 험해 전쟁을 하면 적군들이 쉽게 다가갈 수 없었다고 해.

행주산성에서 왜군과의 전쟁이 시작되자 우리나라 여자들은 치마에 돌을 담아 날랐어. 이렇게 성 안의 여자들이 치마에 돌을 날라다 주어 우리 군사들은 왜군을 보다 쉽게 물리칠 수 있었지. 당시 여자들이 돌을 날랐던 치마를 행주라는 지명을 따서 행주치마라고 불렀다고 해.

행주산성에는 권율 장군의 제사를 지내는 충장사가 있지. 충장사 마당에는 임진왜란이 끝난 뒤 권율 장군의 후손이 세웠다는 행주대첩비도 있어.

이 밖에도 삼국 시대 토기와 산허리에 말뚝을 박아 방어 요새로 만들었던 울타리 자리가 발견되어 이곳이 오랜 옛날부터 중요한 군사 기지였음을 보여 주고 있어.

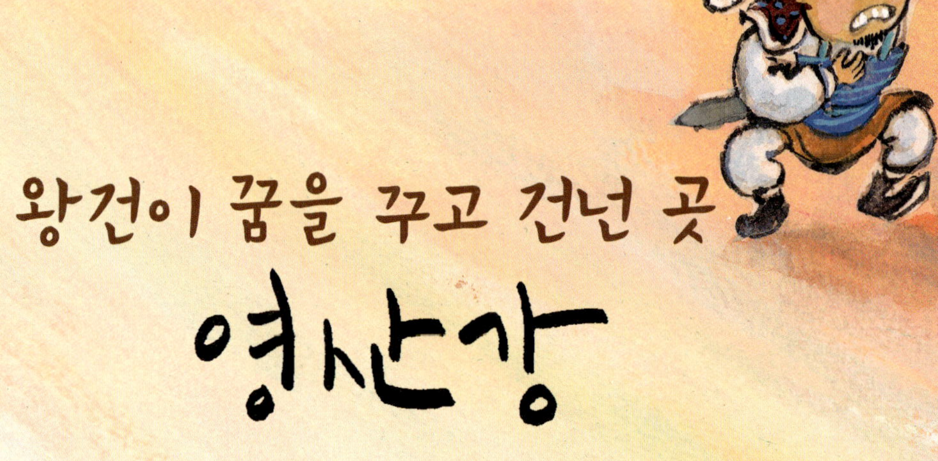

왕건이 꿈을 꾸고 건넌 곳
영산강

고려의 왕건이 후삼국을 통일하기 전의 일이에요. 왕건은 후백제를 공격하러 군사들을 데리고 떠났어요. 그리고 지금의 전라남도 나주 몽송 부락에 진을 쳤지요.

"오늘 밤은 여기서 쉬고 내일 후백제 견훤의 본부를 공격하자!"

왕건이 군사들에게 명령을 내렸어요. 그러고는 왕건도 그동안의 피로를 풀 겸 자리에 앉아서 쉬고 있었어요. 그런데 잠시 뒤 한 병

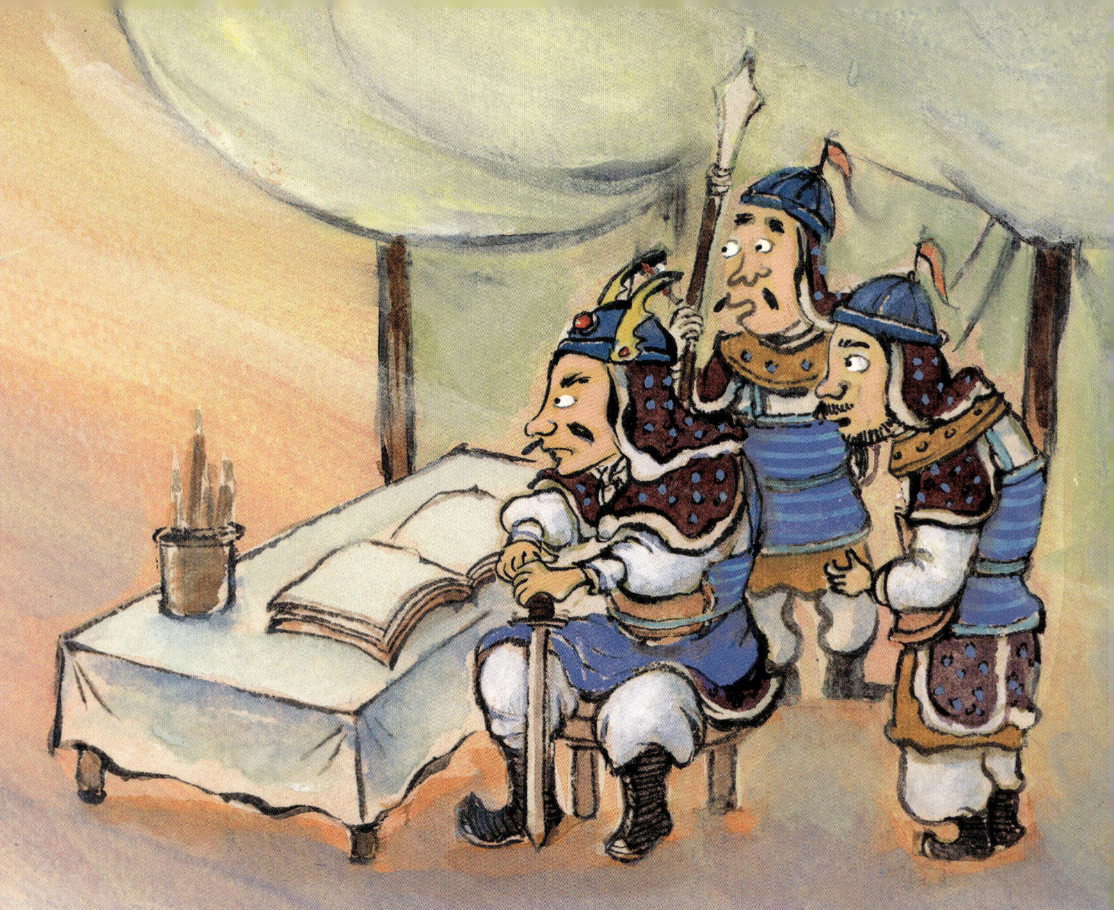

사가 허겁지겁 막사로 뛰어왔어요.

"장군님, 큰일 났습니다. 후백제 견훤의 군사들이 우리보다 먼저 공격을 해 왔습니다."

"뭐라고!"

깜짝 놀란 왕건은 서둘러 밖으로 나왔어요.

훈련이 잘 되어 있던 견훤의 군사들은 어느새 왕건의 부대를 에

워싸고 공격을 했어요. 당황한 왕건의 군사들은 우왕좌왕했어요.

"후백제의 군사들이 이미 우리 부대를 에워쌌다. 포위망을 뚫고 나가려면 한쪽에 모두 힘을 모아야 한다. 자, 나를 따르라!"

왕건은 군사들을 이끌고 죽을힘을 다해 싸웠어요. 하지만 후백제 군사들을 헤치고 나갈 수 있는 기회는 조금도 보이지 않았지요.

저녁이 되자 엎친 데 덮친 격으로 비까지 퍼붓기 시작했어요.

"이런, 하필 이럴 때 비까지 내리다니!"

"비 때문에 앞이 보이지 않아 포위망을 뚫고 나갈 수가 없어."

양쪽의 군사들은 모두 하늘을 올려다보며 걱정했어요. 특히 후백제에게 포위당한 왕건의 군사들은 더욱 그랬지요.

"비가 멈출 때까지 싸움을 멈추자!"

　양쪽의 군사들은 뒤로 조금씩 물러나 비가 그치기만을 기다렸어요. 하지만 갑작스레 쏟아진 비는 좀처럼 그칠 줄을 모르고 계속 퍼부었어요. 그러자 왕건의 부대가 있는 몽송 부락 옆으로 흐르는 영산강 물이 점점 불어나기 시작했어요.

　"장군님, 이를 어찌하면 좋겠습니까? 영산강 물이 넘쳐 우리 군사들이 빠져나갈 곳이 전혀 없습니다."

　그 말을 들은 왕건의 입에서는 저절로 한숨이 터져 나왔어요.

　'아, 후백제의 포위망을 뚫고 빠져나갈 길도 보이지 않는데, 이제는 후퇴할 길마저 끊겨 버렸구나.'

　왕건의 군사들은 후백제의 군사들에게 포위된 채 왕건의 명령을 기다리고 있었어요.

　그러는 사이 어둠이 내렸어요. 비가 계속 내리고 밤이 되자, 양쪽의 군사들은 모두 지칠 대로 지쳐 더는 싸울 의욕이 없었어요.

양쪽 모두 다음 날 아침 해가 뜨면 다시 싸움을 시작하는 수밖에 없었지요. 지친 왕건은 막사로 들어와 작전을 짰어요.

'아, 어떻게 하면 이 위기를 무사히 넘길 수 있을까?'

그러다 왕건은 깜박 잠이 들었어요. 그런데 왕건의 꿈속에 희고 긴 머리를 한 노인이 나타났어요.

"허허, 장차 큰일을 해야 할 장군이 이런 중요한 때에 잠을 자고 있다니!"

노인의 불호령에 왕건은 깜짝 놀라 눈을 떴어요.

"이제 영산강 물이 빠졌으니 어서 군사를 데리고 피하라."

왕건은 어리둥절해 눈을 동그랗게 뜨고 노인을 바라봤어요.

"어허! 무슨 생각을 하는고? 지금 당장 영산강을 건너가래도."

"영산강을 건넌 다음에는 어디로 가야합니까?"

"무안에 있는 두대산으로 가라. 두대산 강 아래쪽에 진을 치고 군사를 숨겨 놓으면 장군이 크게 승리할 것이다."

그러고 나서 노인은 순식간에 자취를 감추었어요.

놀란 왕건은 자리에서 벌떡 일어났어요.

"이런 꿈이었구나."

하지만 꿈이라고 그냥 넘어가기에는 너무나 생생했어요. 왕건은

심상치 않은 꿈이라고 생각하며 밖으로 나왔어요. 그런데 어찌된 일인지 계속해서 넘치던 강물이 정말로 줄어 있었어요.

왕건은 서둘러 한 병사를 불러 명령을 내렸어요.

"내가 보기에는 지금 이 강을 건너갈 수 있을 거 같은데, 네가 말을 타고 한번 건너가 보거라."

병사는 말을 타고 영산강을 무사히 건너갔어요. 이를 본 왕건은 곧 부하 장수들에게 소리쳤어요.

"어서 군사들을 모아라. 지금 당장 이곳을 빠져나가야 한다."

왕건과 군사들은 영산강을 건너기 시작했어요.

이곳에서 영락없이 죽을 거라고 생각했던 군사들의 마음에는 용기가 솟았지요. 그동안의 피로도 잊은 채 군사들의 사기는 하늘을 찌를 듯 높아졌어요.

'아, 하늘이 우리를 돕는구나.'

왕건은 군사들을 이끌고 노인이 알려 준 두대산으로 향했어요. 왕건과 군사들이 두대산에 닿을 즈음, 서서히 해가 떠올랐어요. 얼마 못 가 두대산의 모습이 눈에 들어오자 왕건은 눈이 휘둥그레졌어요.

"아니, 웬 마름이 저렇게 높여 쌓여 있는 게냐?"

마름은 짚을 엮어 말아 놓은 단을 말해요. 마름으로 덮여 있는 산은 마치 쌀더미를 쌓아 놓은 것처럼 보였어요.

"장군님, 저 강물 좀 보십시오."

영산강의 물은 쌀뜨물같이 뿌연 빛깔을 띠고 있었어요. 그 강물 색을 본 왕건은 하늘에 감사의 기도를 올렸어요.

"분명 하늘이 우리를 돕는 것이다. 어서 군사들을 두대산 아래쪽에 숨어 있게 하여라!"

한편, 후백제 견훤의 군대는 날이 밝자 왕건의 군대를 쫓아 영산강을 건넜어요. 서둘러 왕건의 군대를 쫓던 후백제의 군사들은 두대산이 보이는 들판에 멈춰 섰어요.

"아니, 저기 보이는 것이 다 쌀더미란 말이냐?"

견훤이 부하 장수에게 물었어요.

"네, 그런 것 같습니다."

당황한 견훤은 두대산 옆으로 흐르는 강물을 살폈어요.

"그렇다면 강물이 저렇게 뿌연 것은 쌀뜨물 때문이겠구나."

견훤은 두대산 앞 들판에 멈춰 선 채 고민에 빠졌어요.

'얼마나 많은 쌀을 씻었으면 강물의 색깔이 저렇게 뿌옇게 변해 버렸을까? 그 많은 쌀로 밥을 해 먹었다면 지금 저곳에 군사들이 무수히 많다는 것인데, 공격을 해야 하나 말아야 하나……'

바로 그때였어요. 왕건이 우렁찬 목소리로 명령을 내렸어요.

“공격하라! 견훤의 군대를 무찔러라!”

그러자 숨어 있던 왕건의 군사들이 고함을 치며 달려 나오기 시작했어요.

“후퇴하라! 후퇴하라! 적의 수가 너무 많다.”

견훤은 왕건의 군사들을 세어 보지도 않고 달아나기 시작했어요.

“와, 후백제 군사들이 물러간다!”

견훤과 후백제의 군사들이 싸워 보지도 않고 도망치는 것을 본 왕건의 군사들은 더욱 사기가 올랐어요. 결국 견훤의 군대는 왕건의 군사들에게 밀려 크게 지고 말았지요. 많은 군사들이 목숨을 잃었고, 견훤만이 겨우 목숨을 건질 수 있었어요.

그 뒤 왕건은 이곳을 꿈의 도움으로 건넌 강이라고 해서 ‘몽탄강’이라고 불렀어요. 지금도 전라남도 무안군 몽탄면과 동강면 사이를 흐르는 영산강의 하류를 몽탄강이라고 부르고 있답니다.

영산강가에 있는
청자의 마을 강진

영산강 줄기의 이 마을은 중국, 우리나라, 일본을 잇는 중요한 장소였어. 이곳은 육지와 바다가 모두 가깝기 때문에 이 두 가지 환경이 결합된 독특한 문화를 가지고 있었지. 또 해상 무역도 발달했어.

그중 전라도 강진은 푸른 빛깔의 자기인 청자를 만드는 곳으로 유명해. 해상 교통이 발달해 중국의 문화를 빨리 받아들이고 영산강에서 얻는 좋은 흙과 기후, 연료로 청자 만드는 기술을 발달시켰기 때문이지.

우리나라는 10세기부터 자기를 만들기 시작해 고려 시대에 들어서는 푸른 빛깔이 나는 청자를 많이 만들었어. 고려 문종 때는 고려의 독창적인 문양이 새겨진 고려청자가 완성되었지.

고려청자의 특징은 비색, 상감 기법, 무늬와 모양에 있어. 고려청자의 색은 아무도 흉내 낼 수 없는 신비한 색이라는 의미에서 비색이라고 하지. 상감 기법은 흙으로 도자기를 빚어 반 정도 말린 뒤 그 위에 그림을 파는 기법이야. 이러한 고려청자는 청자를 처음으로 만든 중국에서까지 보물로 여길 정도로 매우 아름다워. 강진에서는 지금도 청자 문화제가 열린단다.

대동강

모란봉은 평양에서 가장 유명한 산봉우리예요. 그 모란봉 밑으로 흐르는 강물이 바로 대동강이지요. 대동강에는 많은 이야기가 얽혀져 전해 내려오고 있어요. 그중에서 강 이름이 왜 '대동강'이 되었는지에 대한 이야기를 들려줄게요.

고구려 중천왕 때의 일이에요. 임금이 사랑하는 후궁 중에 대동이라는 이름을 가진 여자가 있었어요. 대동이는 하얀 피부와 오똑

한 코, 큰 눈, 비단처럼 길고 검은 머리를 가진 아름다운 여인이었어요. 대동이는 신분이 낮은 가문에서 태어났지만 아름다운 모습 때문에 후궁의 자리까지 오를 수 있었지요.

대동이가 얼마나 아름다운지 평양에서 그 미모에 넘어가지 않는 남자가 단 한 명도 없을 정도였어요. 중천왕도 대동이에게 반해 대동이를 후궁의 자리에 앉히려고 했지요. 그러자 임금을 따르던 신하들이 반대를 했어요.

"전하, 신분이 낮은 대동이를 후궁의 자리에 앉힐 수는 없사옵니다."

옛날에는 신분을 중요하게 생각했어요. 왕은 반드시 귀족과 혼인해야 했지요. 그래서 신하들은 임금의 마음을 돌리기 위해 애썼어요. 그러나 중천왕은 신하들의 말에 전혀 귀를 기울이지 않았어요. 결국 대동이를 후궁으로 받아들이고, 그 뒤로는 대동이만 아꼈어요.

이렇게 되자 왕비의 마음이 편하지 않았어요. 왕비는 여자들이 사는 내궁을 잘 다스릴 책임이 있었어요. 마음씨가 착한 왕비는 임금이 받아들인 다른 후궁들을 잘 보살폈어요. 하지만 왕비는 임금이 대동이를 만난 뒤로 나랏일을 전혀 돌보지 않는 것이 걱정되었어요.

'새 후궁 때문에 전하께서 점점 나랏일을 멀리하시는구나!'

걱정하던 왕비는 중천왕을 찾아갔어요.

"전하, 대동이에게 마음이 빼앗겨 나랏일을 소홀히 하시면 아니 되옵니다. 백성들을 생각하시어 부디 마음을 돌리십시오."

하지만 임금은 그저 왕비가 질투한다고만 생각했어요.

‘마음씨 착한 왕비도 대동이가 예쁘니까 질투를 하는구나.’

그러던 어느 날 급한 소식이 전해졌어요.

“북쪽에서 오랑캐가 쳐들어온다고 합니다.”

신하들은 깜짝 놀라 곧장 임금에게 이 소식을 알리려고 했어요.

하지만 그날도 임금은 여전히 나랏일을 돌보지 않고 대동이와 함께 있었어요.

“어서 전하를 뵈어야 할 텐데…….”

신하들은 발을 동동 굴렀어요. 중천왕은 한참 뒤에야 신하들 앞에 나타났어요. 신하들은 서둘러 전쟁이 일어날 것 같다고 알렸어요. 그런데 중천왕은 별일 아니라는 듯이 이렇게 말했어요.

"북쪽에서 오랑캐가 쳐들어온다는 것은 항상 듣던 말이 아니냐? 설마 정말로 쳐들어오려고?"

"아닙니다. 전하! 이번에는 사실인 듯하옵니다."

중천왕은 알았다는 듯이 고개를 끄덕였어요. 그러나 여전히 아무 명령도 내리지 않고 오직 대동이의 곁에만 가 있었어요.

보다 못한 왕비가 매일 중천왕을 찾아가 간절히 부탁했어요.

"전하! 대동이 때문에 이웃 나라와의 전쟁에서 지면 어찌하려고 하십니까? 큰일이 나기 전에 얼른 대동이를 궁궐 밖으로 물리쳐 주십시오."

왕비와 신하들이 자기를 내쫓으려고 한다는 것을 눈치챈 대동이는 꾀를 내었어요.

"전하, 저를 잠시 궁궐 밖으로 내보내 주십시오."

"대동아, 갑자기 그게 무슨 소리냐?"

"왕비께서 저에게 독을 먹여 죽이려고 하십니다."

"왕비가 그럴 리가 있느냐? 쓸데없는 걱정은 말아라. 내가 있으니 그 누구도 너를 해치지 못할 것이다."

중천왕은 딱 잘라 말했어요. 하지만 대동이는 계속 부탁했어요.

"그렇다면 왕비를 궁궐 밖으로 내쫓아 주십시오. 그래야 제 마음이 편할 것 같습니다."

이 말을 들은 중천왕은 처음으로 대동이에게 고함을 질렀어요.

"이런 못된 것을 봤나. 후궁이 왕비를 내쫓으려고 하다니!"

후궁이 왕비를 내쫓으려 하는 것은 반역이나 다름없었어요.

"다시 한 번 그런 소리를 하면 너를 가만두지 않겠다."

임금이 큰소리로 꾸짖자 대동이는 더는 말을 하지 못했어요. 대동이에게 실망한 임금은 그 뒤로 대동이를 멀리했어요. 그리고 나서 다시 나랏일을 열심히 돌보기 시작했어요. 왕비와 신하들은 그제야 마음을 놓았어요.

"휴! 이제야 전하께서 마음을 돌리셨구나."

중천왕은 북쪽에서 오랑캐가 쳐들어올 것에 대비하라는 명령을 내렸어요. 그 소식을 들은 오랑캐는 함부로 쳐들어올 생각을 하지 못했어요.

하지만 얼마 뒤 중천왕은 또다시 대동이만 찾았어요. 임금이 다시 나랏일을 소홀히 하자 왕비와 신하들은 긴 한숨을 내쉬었어요. 반대로 임금의 사랑을 받기 시작한 대동이는 또 다른 꾀를 생각해 냈지요.

'이번에는 꼭 왕비를 몰아내고 내가 왕비가 되어야지.'

어느 날 중천왕이 사냥을 나갔어요. 여러 신하들과 함께 나간 사냥은 밤이 늦어서야 끝이 났지요. 사냥을 나갔던 임금과 신하들이 성문 안으로 들어설 때였어요. 미리 기다리고 있던 대동이가 갑자기 땅에 엎드리며 펑펑 울기 시작했어요.

"아이고! 억울해라. 아이고!"

"대동아, 이게 무슨 꼴이냐. 어서 일어나거라."

중천왕은 말에서 내려 대동이를 위로했어요.

"그래 무슨 일로 이렇게 서럽게 우는 것이냐?"

대동이는 눈물로 범벅이 된 얼굴을 하고는 가죽으로 된 커다란

자루를 내보였어요.

"전하, 왕비께서 전하가 궁궐을 비운 사이에 저를 이 자루에 담아 모란봉 아래 강물에 던지려고 하셨습니다."

대동이는 거짓말을 계속했어요.

"저는 이런 곳에서 더는 살 수 없습니다. 저를 궁궐 밖으로 멀리 보내시거나, 왕비를 궁궐 밖으로 내쫓아 주십시오."

그러나 중천왕은 대동이의 거짓말에 속아 넘어가지 않았어요. 중천왕은 왕비가 아무리 후궁을 미워한다 하더라도 그런 일을 할 사람이 아니라는 것을 잘 알고 있었으니까요.

중천왕이 엄한 표정을 지으며 일어났어요.

"그래? 네가 정 그렇다면 소원대로 너를 멀리 보내 주겠다."

대동이는 갑자기 달라진 임금의 목소리에 깜짝 놀랐어요.

"네? 전하, 저를 어디로 보내 주실 것입니까?"

"지금 네가 들고 있는 그 자루에 너를 넣어서 모란봉 아래 강물에 던져 주마."

대동이는 그제야 자기의 잘못을 깨닫고 용서를 빌었어요.

"전하! 잘못했습니다. 제발 용서하시옵소서. 다시는 전하께 거짓말을 하지 않겠사옵니다."

"무엇들 하느냐? 어서 대동이를 자루에 담아 강물에 던져라."

임금의 명령을 받은 병사들은 발버둥치는 대동이를 가죽으로 된 자루에 담아 강물에 집어던졌어요. 이때부터 모란봉 아래에 흐르는 이 강을 대동이의 이름을 따 '대동강'이라고 불렀답니다.

대동강은 물이 깊어 예부터 수상 교통로로 널리 이용되었어요. 대동강을 끼고 있는 평양은 옛날 고구려의 도읍지였기 때문에 지금도 고구려 시대의 유물과 유적이 많이 남아 있지요.

대동강을 건널 때 꼭 거치던
평양성 대동문

북한의 대동강은 평양을 끼고 흐르고 있어. 대동강가에 우뚝 서 있는 유명한 건축물 대동문을 만나러 가 볼까? 대동문은 북한의 가장 대표적인 문화유산이야!

대동문은 평양에서 대동강을 건너 남쪽으로 갈 때나 반대로 대동강을 건너 평양으로 갈 때 반드시 거치는 옛날 고구려 평양성의 정문이었어.

평양성은 북한의 국보 제1호야. 고구려가 평양으로 도읍을 옮긴 뒤 쌓은 평양성은 내성, 외성, 남성, 북성 4개의 성으로 되어 있어. 원래 대동문은 평양성의 동쪽 문으로 세운 것인데, 여러 번 고쳐진 다음 1635년 조선 시대에 지금의 대동문이 만들어졌어.

축대

맨 위에 현판은 조선 시대 평안 감사였던 박엽이 쓴 해서체 글씨야. 중간에 있는 것은 조선 시대 명필가였던 양사언이 쓴 초서체지. 그 아래 축대에도 현판이 있는데 이것은 누가 언제 썼는지 알려져 있지 않아.

대동문은 경치 좋은 대동강가에 있어서 '읍호루'라고 불리기도 해. '읍호'란 손으로 대동강의 맑은 물을 떠 올린다는 뜻이래.

잘 다듬어진 화강암으로 축대를 쌓고 그 위에 나무 건물을 2층으로 올린 대동문은 장엄한 멋을 보여 주는 북한의 대표적인 건축물이야.

중국 사신을 이긴 떡보

압록강

 중국의 왕이 우리나라의 임금에게 편지를 보냈어요. 편지를 받은 우리나라의 임금과 신하들은 한숨을 내쉬었어요.

그때 중국에서는 우리나라에 사신을 자주 보내 편지를 전했는데, 늘 괜한 트집을 잡는 내용이었지요. 이 때문에 임금은 늘 골머리를 앓았어요. 이번에 온 편지의 내용은 이러했어요.

얼마 뒤 우리 중국에서 조선의 압록강으로
사신을 보내려고 하오. 그 사신은 중국에서 가장
현명한 사람이오. 그러니 조선에서도 가장
지혜로운 사람을 하나 뽑아 압록강으로 보내시오.
압록강에서 둘의 지혜를 겨누어 봅시다.

“이 일을 어찌하면 좋겠소?”

“이번에도 분명 중국 사신은 엉뚱한 질문을 해서 괜한 트집을 잡으려고 할 겁니다.”

“허허, 그렇다고 이대로 가만히 당하고 있을 수만은 없소. 중국과의 지혜 대결은 나라의 명예가 걸린 일이오. 당장 온 나라에 방을 붙여 중국 사신을 이길 사람을 찾아보시오.”

중국 사신과 지혜를 겨루어 이기는 사람에게는 어떤 소원이든 다 들어준다는 방이 온 나라에 붙었어요. 하지만 우리나라에서 내로라하는 학자들 중에는 선뜻 나서려고 하는 사람이 없었어요. 괜히 나섰다가 창피를 당할까 두려웠기 때문이지요.

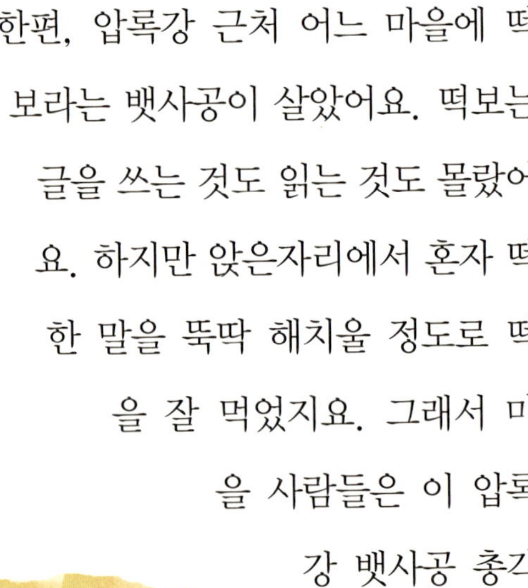

한편, 압록강 근처 어느 마을에 떡보라는 뱃사공이 살았어요. 떡보는 글을 쓰는 것도 읽는 것도 몰랐어요. 하지만 앉은자리에서 혼자 떡 한 말을 뚝딱 해치울 정도로 떡을 잘 먹었지요. 그래서 마을 사람들은 이 압록강 뱃사공 총각

을 떡보라고 불렀지요.

 뱃일을 마친 떡보는 저녁이라도 사 먹으려고 시장으로 발길을
옮겼어요. 그런데 그날따라 사람들이 담벼락 앞에 옹기종기 모여
웅성거리고 있지 않겠어요?

 '무슨 재미있는 일이 있나 보네.'

떡보는 무슨 일인가 싶어서 사람들이 모여 있는 담벼락 앞으로 가 보았어요. 담벼락에는 글자가 쓰인 커다란 종이가 붙어 있었어요. 사람들은 그 글을 보며 서로 수군거렸지요.

하지만 글을 읽지 못하는 떡보는 도무지 무슨 일인지 알 수가 없었어요. 떡보는 옆 사람에게 슬쩍 물어봤어요.

"저 실례합니다만, 저기에 뭐라고 써 있나요?"

"며칠 뒤 중국 사신이 압록강으로 와서 어려운 수수께끼를 낸다는군. 중국 사신이 내는 그 수수께끼를 알아맞힐 수 있는 사람을

찾는다는 내용일세."

"수수께끼를 알아맞히면 무슨 상이라도 있나요?"

"중국 사신과 지혜를 겨루어 이기는 사람에게는 무슨 소원이든 들어준다고 되어 있구먼. 하지만 지면 큰 벌을 내린다는데?"

"그렇다면 제가 나가 봐야겠군요."

떡보는 자신 있게 큰소리를 쳤어요.

그리고 며칠이 지났어요. 하지만 이번 지혜 겨루기에 나서겠다는 사람은 한 명도 없었어요. 결국 여기에 나선 사람은 오직 한 사람, 압록강 뱃사공인 떡보 밖에 없었지요.

평안북도 의주 관아의 사또는 이러한 사실을 나라에 전했어요. 그러자 나라에서 곧 연락이 왔어요.

"이번 지혜 겨루기는 나라의 명예가 걸린 아주 중요한 일이다. 그러나 나서겠다는 사람이 없으니 답답한 노릇이다. 지혜 겨루기에 나서겠다는 사람은 압록강 뱃사공 떡보밖에 없으니 떡보를 내보내도록 하라. 그러나 만약 중국 사신과 겨루어 진다면 죽음을 각오해야 할 것이다."

의주 관아의 사또는 떡보를 불렀어요.

"네가 만약 지면 그때는 너의 목숨이 너의 것이 아니다. 그래도 해 보겠느냐?"

"사또 나리, 걱정하지 마십시오. 아무튼 제가 이기면 제 소원을 들어주시는 거지요?"

"그건 걱정하지 마라. 임금님의 약속이니 틀림없을 게다."

이렇게 해 압록강 뱃사공 떡보는 우리나라를 대표해 중국 사신을 맞이하게 되었어요. 하지만 떡보를 아는 사람들은 떡보를 걱정하며 혀를 끌끌 찼어요.

"쯧쯧, 글자도 하나 못 읽는 녀석이 지혜 겨루기를 한다고? 이제 곧 죽을 일만 남았구먼."

며칠 뒤, 압록강 한복판에서 중국 사신과 떡보가 만났어요.

중국 사신이 바로 수수께끼를 냈어요. 그런데 중국 사신은 말을 하지 않고 손가락으로 동그라미를 그렸어요. 떡보는 당황했어요.

'에? 왜 손가락으로 동그라미를 그려 보이는 거지?'

한참을 궁리하던 떡보가 무릎을 탁 쳤어요.

'옳지! 자기는 오늘 아침에 둥그런 떡을 먹었다는 말이로군. 그렇다면 나도 보여 줄 게 있지.'

떡보는 손가락으로 네모를 그려 보였어요. 자기는 오늘 아침에 네모난 떡을 먹고 왔다는 뜻이었지요. 그랬더니 중국 사신이 깜짝

놀라 눈이 휘둥그레졌어요. 사실 중국 사신은 '하늘이 둥근 것을 네가 아느냐?'라는 뜻으로 손가락으로 동그라미를 그렸던 거예요. 그런데 떡보가 네모를 만들어 보이는 게 아니겠어요?

'오호! 저건 틀림없이 땅이 네모난 것도 안다는 뜻이렷다. 조선에도 꽤 똑똑한 사람이 있군.'

중국 사신은 두 번째 수수께끼를 냈어요. 이번에는 손가락 세 개를 펴서 흔들었지요. 떡보는 또 잠시 생각을 했어요.

‘아, 알겠다. 저건 자기가 오늘 아침에 떡을 세 개 먹었다는 뜻이 겠구나. 그렇다면 나한테는 안 되지.’

이렇게 생각한 떡보는 손가락 다섯 개를 펴서 흔들어 보였어요. 그걸 본 중국 사신은 또 깜짝 놀랐어요. 사실 중국 사신은 ‘네가 삼강을 아느냐?’라는 뜻으로 손가락 세 개를 펼쳐 보였던 거예요. 그러니까 삼강오륜 중에서 삼강을 아느냐고 물은 것인데, 떡보가 손가락 다섯 개를 펼쳐 보인 것이었어요.

‘오호! 저건 삼강뿐 아니라 오륜도 안다는 뜻이로구나. 정말 지혜로운 사람이로구나.’

중국 사신은 제 꾀에 속아 넘어가는 줄도 모르고 떡보가 지혜로운 사람이라고 생각했어요.

이제 마지막 수수께끼를 낼 차례가 되었어요. 중국 사신은 가장 어려운 문제라는 듯 의기양양하게 자기의 수염을 슬슬 쓰다듬었어요. 떡보는 또 잠시 생각을 했어요.

‘옳지. 자랑할 게 없으니까 수염 자랑을 하는 게로구나. 그렇다면 나도 자랑할 게 있지.’

이렇게 생각한 떡보는 웃통을 올리고 배를 쑥 내밀면서 불룩 나온 배를 통통 쳤어요. 사실 중국 사신은 ‘네가 염제를 아느냐?’ 하는 뜻으로 수염을 쓰다듬은 것이었어요.

중국에는 전설 속의 임금이 두 명 있어요. 바로 염제와 복화씨지요. 두 임금이 나라를 다스리는 동안 중국은 편안하고 풍요로웠어요. 그래서 중국 사람들은 이 두 임금을 자랑으로 여겼지요.

중국 사신은 떡보가 중국의 역사를 알고 있는지를 시험해 본 거였어요. 염제를 아는지 물어보기 위해 '염' 자를 뜻하는 수염을 쓰다듬은 것이지요. 그런데 떡보가 배를 쑥 내미는 게 아니겠어요.

'아니? 저건 배 '복' 자를 나타내는 것이

아닌가? 그렇다면 저 사람은 복화씨도 안다는 뜻이로구나. 아이고, 내가 졌다 졌어. 조선에도 정말 지혜로운 사람이 있구나.'

이렇게 해서 떡보는 중국 사신과의 지혜 겨루기에서 완전히 이겼어요. 반대로 중국 사신은 코가 납작해졌답니다.

그 전에 중국은 우리나라를 작은 나라라고 여기며 우리의 문화와 전통을 얕잡아 봤어요. 하지만 떡보의 지혜에 감탄한 중국 사신은 이번에는 공손하게 인사를 하고 자기 나라로 돌아갔어요.

이 소식을 전해 들은 임금은 기분이 아주 좋았어요.

"지금 당장 떡보를 궁궐로 들라 해라."

부름을 받은 떡보는 궁궐로 가 임금을 만났어요.

"떡보야, 네 소원을 말해 보거라."

떡보는 잠시도 망설이지 않고 이렇게 대답했어요.

"저는 다른 것은 다 필요 없사옵니다. 그저 평생 먹을 수 있는 떡만 있으면 됩니다."

이렇게 해서 떡보는 평생 맛있는 떡을 실컷 먹을 수 있었답니다.

압록강가에 남겨진 자랑스런 고구려 유적지

압록강은 물빛이 청둥오리 머리처럼 새파랗다고 해서 오리 '압' 자와 푸를 '록' 자를 써서 지은 이름이야. 압록강 주변은 고구려가 주로 활동하던 지역이었어. 그래서 압록강 주변의 중국 땅에는 광개토대왕비, 고분 벽화, 장군총 등 고구려를 대표하는 유적들이 많이 남아 있어.

중국의 지린성 지안시에 있는 무덤 장군총은 아주 중요한 고구려의 문화유산이야. 커다란 돌을 피라미드형으로 7단이나 쌓아 올린 장군총은 맨 아랫단 길이가 33미터, 높이가 13미터나 돼. 무덤의 주인은 누구냐고? 바로 장수왕이야.

광개토대왕비도 고구려가 동북아시아에서 가장 강한 나라였음을 알려주는 귀중한 문화유산이야. 광개토대왕의 업적을 기리기 위해 그의 아들 장수왕이 세운 비석이지. 높이는 6미터가 넘고 네 면에 모두 글자가 새겨져 있는데, 바둑판처럼 반듯하게 선을 그어 놓고 그 안에 손바닥만한 글자로 총 44줄 1,775자를 새겨 넣었어.

그런데 중국은 이러한 우리 고구려의 문화유산을 자기네 것이라고 하며 역사를 왜곡하고 있어. 그래서 우리나라 학자들과 북한의 학자들은 힘을 모아 고구려 유적 알리기에 힘쓰고 있단다.

부록
교과가 튼튼해지는
우리 것 우리 얘기

우리나라 강에 얽힌 재미난 이야기들, 잘 읽어 보셨나요?

강은 예부터 우리나라 곳곳을 흐르며 농사를 짓고 마을을 꾸리는 데 도움을 주었어요. 사람들 가까이에서 흘렀던 강에 얽힌 이야기를 들어 보면 우리의 역사와 조상들의 지혜를 고스란히 만날 수 있답니다.

강은 지금도 우리 곁을 늘 흐르고 있어요. 오천 년 우리 땅을 흘러온 강의 옛날과 지금의 모습은 어떻게 달라졌을까요? 함께 만나 볼까요?

활기가 넘쳤던 우리 강의 나루터

지금은 찾아보기 힘들지만 옛날 우리나라 강 대부분에는 나루터가 있었지요. 많은 물자와 사람들이 왕래하는 나루터는 언제나 북적이고 활기가 넘쳤답니다.

강을 건너는 배가 닿고 떠나는 곳, 나루터

조선 시대에는 강에서의 교통이 발달해 나루터가 많이 만들어졌어요. 나루터가 뭐냐고요? 배는 아무 곳에서나 탈 수 없어요. 강의 물살이 세면 배가 가만히 서 있을 수 없거든요. 그래서 물살이 느린 안전한 곳에 배가 닿을 수 있도록 나루 터를 만든 거예요.

우리나라 곳곳의 강은 전국 각지에서 세금으로 거둔 곡식을 한양(지금의 서울)으

로 가져오는 중요한 길목이었어요. 전라도와 충청도에서 거둔 세금은 서해를 거쳐 한강을 통해 올라왔고, 또 경상도의 세금은 낙동강과 남한강을 통해 올라왔어요. 나루터는 강을 오가는 배들이 잠깐 쉬었다 가는 곳이기도 했답니다.

많은 사람들과 물건들로 활기가 넘쳤던 한강의 나루터

조선 시대 우리나라 강의 나루터에는 늘 배를 타려는 사람들로 북적였지요. 그 중에도 가장 큰 나루터는 한강의 마포나루와 용산나루였어요. 특히 마포나루는 한강에서 가장 중요한 나루터로 18세기 초부터 많은 어물과 곡물 등이 몰려들었지요. 이 때문에 수많은 배들이 한강을 따라 마포나루를 왕래했어요.

당시 마포나루와 가까운 밤섬에는 배 만드는 기술자들이 모여 살던 마을이 있었어요. 밤섬에는 배 만드는 공장이 무려 10여 곳이나 되었답니다.

이렇게 번성했던 마포에서는 조선 시대부터 마포나루를 드나드는 배들이 무사하도록 마포 나루굿을 하기 시작했어요. 이 굿은 매년 5월 단오 전에 열렸는데, 지금도 매년 5월 단오 무렵이 되면 마포 앞 한강에서 마포 나루굿을 재현하는 축제가 열린답니다.

우리나라를 대표하는 4대 강

한강, 금강, 낙동강, 영산강은 우리나라를 대표하는 4대 강이에요. 4대 강은 오랜 옛날부터 지금까지 우리 민족의 젖줄로 각각의 역사와 이야기를 간직한 채 쉼 없이 흘러가고 있어요.

한강

한강은 강원도 태백에서 처음 시작해 강원도, 충청북도, 경기도, 서울을 거쳐 서해로 흘러가요. 한강은 한반도를 흐르는 강 중에서 가장 넓어요. 한강의 이름에서 '한'은 우리말 '한가람'에서 나온 말로 '크다, 넓다, 길다'라는 의미를 담고 있지요.

한강은 우리나라와 수도 서울을 대표해요. 1970년대 우리나라의 눈부신 경제 발전을 가리켜 '한강의 기적'이라고 부르기도 했지요. 한강은 서울, 춘천, 원주, 제천, 충주, 수도권에 사는 사람들이 먹고 쓰는 수돗물로도 사용된답니다.

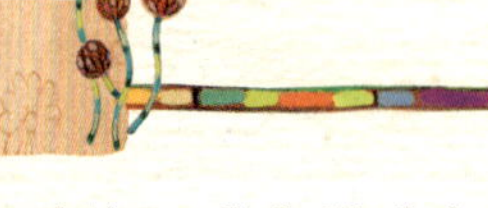

낙동강

낙동강은 강원도 태백 함백산 너덜샘에서 처음 시작해 경상도를 두루 돌아 흐르다가 부산 다대포로 빠져나가요. 우리나라 강 중 압록강 다음으로 길지요.

낙동강 하류는 사구와 습지가 많아 철새의 따뜻한 보금자리가 돼요. 또 넓은 평야 지대를 흐르기 때문에 농사를 짓는 데에도 큰 도움을 준답니다. 그래서 낙동강을 경상도의 젖줄로 불러요.

금강

금강은 전라북도 장수 수분 마을 뜬봉샘에서 시작되어 곧바로 금강과 섬진강으로 나누어져요. 강이 흘러가는 모습이 비단처럼 아름답다고 해서 금강이라고 이름 붙여졌지요.

금강이 지나는 곳은 모두 우리나라에서 쌀을 가장 많이 생산하는 곡창 지대이랍니다. 금강은 백제 시대에 찬란한 문화의 중심이었고, 백제가 일본에 문화를 전파하는 길목이기도 했어요.

영산강

영산강은 담양 용면 용연리 용추 계곡에서 처음 시작해 담양군, 광주광역시, 나주시, 목포시 등을 지나 서해로 흘러가요. 영산강은 남도에서 시작되어 남도에서 끝이 나는 남도의 젖줄이지요. 그래서 영산강 주변에는 남도의 삶, 문화, 역사가 고스란히 남아 있어요.

- 놀라운 발견, 생활의 지혜　　국 2-1　국 2-2　사 3-1　사 5-1
- 옛사람들의 교통과 통신　　사 3-2　사 4-1　사 5-2
- 머리에 쏙쏙 선조들의 공부법　　국 4-1　국 4-2　국 6-2　도 3-1
- 우리 국토 수놓은 식물 이야기　　국 1-1　국 5-1　과 4-2　바 1-2
- 큰 부자들의 경제 이야기　　사 3-2　사 4-2　사 5-2　슬 2-2
- 생명의 보물 창고 우리 생태지　　국 2-1　국 4-2　사 6-1　과 5-2
- 우리가 지켜야 할 천연기념물　　국 2-1　과 3-2　과 4-1　과 5-2
- 안녕, 꾸러기 친구 도깨비야　　국 2-2　국 3-1　국 4-1　사 5-2
- 오천 년 우리 강 이야기　　사 3-2　사 5-1
- 교과서 속 우리 고전　　국 3-1　국 4-2　국 5-1　국 6-2
- 알쏭달쏭, 열두 가지 띠 이야기　　국 3-1　사 3-2　사 5-2　사 6-1
- 빛나는 솜씨, 뛰어난 재주꾼들　　국 4-2　사 6-1　음 4　미 3, 4
- 수수께끼를 간직한 자연과 문화　　국 4-1　사 5-2　바 2-2
- 옛사람들의 근검절약　　국 6-2　사 4-2　도 5　실 5
- 민족의 영웅 독립운동가　　국 6-2　사 6-1　바 2-2
- 우리 조상들의 신앙생활　　국 5-2　사 3-2　사 5-2　사 6-1
- 정다운 우리나라 동물 이야기　　국 2-1　국 2-2　국 6-1　과 3-2
- 멋스러운 우리 옛 그림　　국 4-2　사 6-1　미 3, 4　미 5
- 전설따라 팔도명산　　국 2-1　국 2-2
- 방방곡곡 우리 특산물　　사 3-1　사 4-1　사 5-2
- 아름다운 궁궐 이야기　　국 4-1　사 6-1　미 5　바 2-2
- 역사를 빛낸 여자의 힘　　사 6-1　바 2-2
- 신명 나는 우리 축제　　사 3-1　사 4-1
- 우리가 알아야 할 북한 문화재　　사 5-2　사 6-1　바 2-2
- 봄, 여름, 가을, 겨울 24절기　　사 5-1　사 6-1　과 6-2　슬 6-2
- 나누는 즐거움 우리 공동체　　도 4-1　바 2-2
- 이야기가 술술 우리 신화　　국 1-2　국 6-2　사 3-2　사 5-2
- 흥겨운 옛시조 우리 노래　　국 6-2　사 5-2　음 3　음 6
- 조상들의 지혜, 전통 의학　　국 5-1　국 6-2

오십 빛깔 우리 것 우리 얘기 21

오천 년 우리 강 이야기

초판 1쇄 인쇄 | 2011년 4월 21일
초판 1쇄 발행 | 2011년 4월 28일

글쓴이 | 우리누리
그린이 | 이육남

발행인 | 김우석
편집장 | 신수진
책임 편집 | 최은정
편집 | 박경화, 이정은
마케팅 | 공태훈, 김동현

편집 진행 | 최문영
디자인 | 조성이
인쇄 | 영신사

발행처 | 중앙북스
등록 | 2007년 2월 13일 제 2-4561호
주소 | (100-732) 서울시 중구 순화동 2-6번지
편집문의 | (02)2000-6320
구입문의 | 1588-0950
팩스 | (02)2000-6174

ⓒ 우리누리 2011

ISBN 978-89-278-0122-1 14800
　　　 978-89-278-0092-7 14800(세트)